光文社文庫

長編時代小説

月を抱く女
牙小次郎無頼剣（四）
決定版

和久田正明

光　文　社

目次

主な登場人物

牙小次郎(きばこじろう)　纏屋(まといや)の石田(いしだ)の家に居候する浪人。実の名は正親町高熙(おおぎまちたかひろ)。父は、今上天皇の外祖父にあたる。

小夏(こなつ)　夫の三代目石田治郎右衛門(じろうえもん)が亡くなった後も石田の家を支える女将。

三郎三(さぶろうざ)　駆け出しの岡っ引き。

田ノ内伊織(たのうちいおり)　南町奉行所 定町廻り(じょうまちまわ)同心。

第一話　光子と梅子

一

　満天下に知られる外様の雄藩、加賀国金沢藩の実高は百二万五千二十石である。

　その加賀前田家には分家が二家あり、それは加賀国大聖寺藩七万石と、越中国富山藩十万石で、いずれも金沢藩の支藩として外様中藩の地位を保っている。

　これはかつて三代利常が寛永十六年（一六三九）に、嫡男光高に譲位して隠居するにあたり、次男利次を富山藩に、三男利治を大聖寺藩に配して立藩したもので、前田家所領の維持と安定のために成されたことである。

　両家の君主は、文化年間の今は九代目となり、そして期せずしてそれぞれに花も恥じらう年頃の姫君がいた。

大聖寺藩の前田光子十八歳、富山藩の前田梅子十九歳である。

二人は従姉妹同士でありながら、幼少のみぎりより美と知を競って仲が悪い。長じてさらにその関係は悪化している模様だ。

金沢藩の江戸上屋敷は、上野池之端に総坪数十一万坪弱の敷地を擁し、そのなかに大聖寺藩と富山藩の藩邸も同居している。両家は築地塀で仕切ってはあるが、身内だから行き来は自由となっている。

しかし光子も梅子も、決して交流を図ろうとはせず、たとえ塀越しに顔が合っても、

「ふん」

「はん」

てな具合に顔を背け合う。

そんな仲なのである。

当然のことながら二人は蝶よ花よと、わがままいっぱいに育てられているから、浮世の苦労など知る由もなく、人の痛みもさらさらわからず、われこそは唯一無二の存在と思って生きている。共に着飾ることが好きで、そのためなら金に糸目はつけず、まさに天衣無縫、いや、これはもう天真爛漫というべきなのかも知れない。

だがそれも度を越すと罪になり、周辺を泣かせることになる。

光子が高価、美麗な蒔絵櫛を購えば、それを聞きつけた梅子がさらに上物を手に入れて光子の鼻を明かす。また光子が鼈甲や珊瑚で細工されたきらびやかこの上ないかんざしを挿せば、梅子はギヤマンの玉かんざしでそれに対抗する。そんな有様なのである。


そのたびに側近たちは奔走させられ、商人も目の色を変えて姫君の要望に応えようと必死になる。

ゆえに家来や下々を徒に狂奔させ、姫君二人は罪深いのである。

剣術は光子は新陰流、梅子は義経神明流、槍術は大島流、宝蔵院流、薙刀は心鏡流、神相流と、武芸も張り合っておなじ流派は学ばない。

金沢藩、大聖寺藩、富山藩は参勤交替があるから、三人の君主は一年おきに江戸と金沢の間を往復している。

しかし姫二人は江戸で生まれ育ち、お国入りは死去した後と定まっているので、この先も江戸住まいをつづけることになっている。

姫君の暮らしなどというものは退屈極まりなく、藩邸奥向きの御殿で和歌を詠み、絵や書に筆を揮い、また貝合わせ、囲碁、将棋、双六、歌留多などの遊戯に親しむ。

そして愛玩用の犬、猫、小鳥を飼い、たまにおしのびで芝居見物に赴く。その折には、お供は少なくとも三十人は随行させるから大変な騒ぎとなる。

二姫とも専用の乗物を持っていて、光子は竹菱金鋲青漆、梅子は紅網代総蒔絵の絢爛華麗な女乗物で、一挺五十両は下らない代物である。

朝起きると付女中が、

「お目覚めになられまして、およろしゅうございまする」

と声をかける。

すると二姫共に、何人かの付女中が群がるようにしてお髪を梳く。これは夜具に入ったままでさせる。それが済むとおもむろに起き出し、お口をすすぐ。寝所は異なっても、やることはまったくおなじなのである。

その間に、付女中が各方面へ、

「姫様、六つ半刻（七時）のお目覚め、おめでとうございまする」

と触れて廻る。

これらの作法は江戸城大奥の御台様がそうだから、それに見倣ったものと思われる。下働きの者たちはそれより以前から働いているが、御殿全体がこの時より始動する。

特に君主が国許に帰国している今は、二姫共々、江戸藩邸の最高責任者というべき立場になっている。

それから二姫が一日の活動を始めるのは、朝餉（あさげ）、入浴、化粧、お召し替えの済んだ後の四つ刻（十時）からということになる。

さあ、今日は何をしましょうかと考えるのもその辺りで、格別な式典でもなければ、二姫ともおおよそ暇なのだ。

二

正月半ばともなると御殿は何やら間延びして、昼にはまだ間があるというのに、光子はあくびばかりが出て困っていた。

光子は気品のある色白のぽっちゃり顔に、可憐な目鼻がつき、首がほっそり長くてなかなかの美形である。ゆえにあくびをする姿すら、絵になっている。眠気覚ましに梅や鶯（うぐいす）はまだかしらと、あらぬことを考えてみるが効果はないようだ。

昨夜は夜更けまで書物に耽（ふけ）り、それで些（いささ）か寝不足なのである。

それは竹田出雲（たけだいずも）という人の書いた「仮名手本忠臣蔵（かなでほんちゅうしんぐら）」で、主君のため、武士の義のために仇討本懐を遂げて殉じた四十七士の物語だから、光子は空が白むまで胸躍らせて読んでしまった。

こうした武士道の神髄を極めたような人たちが好きで、もし四十七士が目の前に現れたら、そのなかの誰でもいいから光子は操を捧げたくなってしまう。

つまり武士らしく、男らしい男が好きなのである。

しかし百年以上も昔の元禄の御世ならともかく、今の世にそんな武士は皆無だと諦めている。

(家中を見廻しても、そんな武士は……)

そう思った時、はたと思い当たる武士が一人いた。

それは成宮寛吾という男で、俗にいう役者顔をしており、眉目優れ、背丈もある偉丈夫だ。剣は光子とおなじく新陰流を皆伝され、かなりの腕前と聞く。

だが成宮は富山藩江戸詰の馬廻り組、つまり梅子付きの若侍だから、親しく口を利くわけにはいかない。そんなところを梅子に見られたりしたら、なんと思われることか。それを考えると、思いは萎んだ。

そして想念は元へ戻り、

(今日は何をしようかしら……)

と考えあぐねるところへ、本家の方からただならぬ騒ぎが沸き起こった。

怒号や荒々しい足音が聞こえるから、騒動が持ち上がったことは間違いないようだが、本家の揉め事に首を突っ込むわけにはいかない。物見高く見に行くのもはしたなく、ちと憚られる。

光子が落ち着かずに耳を欹てているところへ、光子付きの旗江という奥女中が血相変えて駆けてきた。

「姫様、一大事にござりまする」

若い旗江が肩で息をし、胸を騒がせているのがわかる。

「何事ですか。落ち着きなさい」

自分のことは棚に上げて、光子がたしなめた。

「も、申し訳ござりませぬ。でもあまりのことに、つい動転してしまいまして」

「どうしたのですか」

「ご本家お作事奉行の魚住幸二郎殿が、ご乱心なされたのです」

「何があったのじゃ」

「わかりませぬ。家中の方々に何やら詰め寄られ、刀を抜いて暴れているとか」

「刀を抜いて？　どうしてそのようなことになったのです。何があったのか、もそっと詳らかに聞いて参れ。当家に関わりのあることやも知れぬでの」

「はい」

旗江が去ると、光子は心穏やかでいられなくなり、立ったり座ったりを始めた。さらに騒ぎは大きくなる一方で、怒鳴り声が飛び交っている。

（いったい、何が）

それがわからぬまま、光子がそわそわと縁側に立ったところへ、植込みががさごそと揺れ、庭先に魚住幸二郎が飛び出してきた。

「ひっ」

光子が思わず小さく叫んだ。

魚住は三十過ぎの中年で、妻子は国表におり、本家の侍長屋に住む身だ。しかし日頃から金銭のことでとかくの噂のある男だった。

光子とはむろん顔見知りだが、口を利いたことなどは一度もない。

それが築地塀を越えて大聖寺藩へ逃げ込んできて、魚住はそこに立つ光子の姿に驚き、わらわらとその場にひれ伏した。

刀は奪われたのか落としたものか、持っておらず、脇差だけを差した姿だ。顔や躰のあちこちに手傷を負って、衣服は切り裂かれ、髷も崩れている。

探索する本家の侍たちの声が、近くまで迫ってきていた。

「魚住、うろたえてなんとしましたか」

努めて冷静を装いながら、光子が問うた。

「は、はい……すべて、それがしが悪いのでござる。もういけませぬ」

「悪いことをしたのですか」

「お家の金を使い込みまして、その穴埋めを致さんと……」

「どうしたのです」

「家宝の小狐丸を刀剣商に売りとばしてしまいました」

「ええっ」

それは藩祖である前田利家が徳川家康公より拝領した左文字の名刀だから、事の重大さにさすがの光子も青褪めた。

「それは真ですか」

「はっ……恥ずかしながら、吉原の花魁にのぼせてしまったのでござる」

「まあ、花魁ですって？　きれいな方なのですか」

「そ、それはもう、三千世界に只一人の美女でござって……」

「んまあ、ぬけぬけと」

呆れながらも要点を忘れず、

「して、なんと申す刀剣商じゃ。わらわが行って取り戻して参ろうぞ」

「いえ、それはもはや……」

魚住の表情が苦渋に歪む。

「申しなさい」

「日本橋本石町の大和屋でござる。それで五十両の金子を手にし、帳尻を合わせようとしましたが時すでに遅く、不正が発覚致してこのような仕儀に」

「……」

光子は茫然となって言葉も出ない。

すると魚住はいきなり「ご免」と大声を発し、脇差を抜いて腹に突き立てた。

「ああっ、何を」

光子が両手を口許に当て、表情をひきつらせ、どどっと後ずさった。顔面蒼白である。

魚住はぎりぎりと腹をかっさばき、花魁への熱き思いを光子に目で訴え、やがて壮烈に果てた。

くらくらとめまいがして、光子はふわりと失神した。

三

白鞘から刃を抜き、女のやわ肌のような美しい刀身に見入って、

「これは……」

牙小次郎はひそかに驚嘆の声を漏らした。

それは脇差なのに小ぶりではなく、寸延びで身幅が広く、やや先反り気味の拵えになった堂々としたものだ。鋩子に特徴があり、大胆な乱刃に華やかさを加え、地蔵鋩子風になっている。

小次郎は次に目釘抜きの小槌で目釘と茎を抜いた。柄を持ち、茎の表裏を見るが、どこにも銘が打たれていない。つまり無銘なのである。

しかしこれは天下に並びなき隠れた逸品なのではないか——小次郎はそう見た。

そこは日本橋本石町の大通りに店を張った刀剣商の大和屋で、ぶらりと立ち寄った小次郎が、奥の刀架けに架けられたその逸品にたちまち目を奪われたのだ。

牙小次郎とは世を忍ぶ仮の名で、この男、浪人体ではあるものの、そこいらの尾羽打ち枯らした輩とは異なり、どこか貴族的でさえあり、幽寂とした不思議な気

配を漂わせている。歳は二十七、八か、髷を総髪に結い、後ろ髪を長く垂らして結びつけている。冬なのに、春のような色鮮やかな青竹色の小袖を着て、腰には黒漆の大刀の一本差だ。彫りの深い顔立ちで鼻梁高く、躰つきは痩身だが、よく見れば筋肉が張り詰めていて、またすらりと抜きんでた長身でもある。

「これはいずこのものかな」

小次郎の問いかけに、だが初老の主の杢兵衛は戸惑いの様子で、

「それが、皆目わからないのでございます」

「わからぬとはどういうことだ。しかるべき筋から仕入れたのではないのか」

「はい、それはそうなんですが……これはさるお武家様から持ち込まれたものなのでございます。手入れはいき届いておりますが、無銘の上にかなりの古刀と存じましたので、わたくしどもも判別がつかずに困ってしまいました。しかし先様が早急に金子がご入り用とのことでしたので、お引き取りは致したものの、そのう……」

じっと押し黙って白刃に見入っている小次郎を、杢兵衛はそっと窺うようにして、

「そのお刀よりも、もっと氏素姓のはっきりしたものがございますが。これなどはいかがでございましょう」

李兵衛が立って別の脇差を取りに行きかけると、小次郎が決断の声で、

「それには及ばん。これが気に入った」

「へっ？　およろしいのでございますか」

「言い値で買うぞ」

「うへえ、お有難う存じます」

李兵衛はすばやく算盤を入れて、

「こんなところでいかがでございましょう」

六十両の値に、小次郎は驚きもせず、

「ではそれを持参して金子を取りに参れ。おれは竪大工町の纏屋の離れに居候している牙小次郎と申す者だ」

それを聞いて李兵衛は驚き顔になり、

「あ、あの石田の家でございますか」

「いかにも」

「それならこのままお持ちになって結構でございますよ。あそこの女将の小夏さんとは旧い知り合いなんです。代金は後ほど頂きに参上致します」

そう言うと、李兵衛は無銘のその脇差に鍔をつけ、青貝微塵塗りの鞘を出してき

て刀身を納め、それを刀袋に入れて小次郎に差し出した。刀袋も金糸銀糸の美麗なもので、それだけでも由緒（ゆいしょ）の偲（しの）ばれる感がした。

「では持って帰るぞ」

滅多に笑わない小次郎が、破顔して小狐丸を手に取った。

四

富山藩奥向きの御殿で、梅子と成宮寛吾が対座していた。

余人の姿はなく、冬枯れの庭園が広がっている。

「姫様、由々（ゆゆ）しき大事が持ち上がりました」

成宮のただならぬ様子に、梅子も表情を引き締め、

「なんとした」

「今朝の騒ぎをご存知では」

「知らぬ」

その時、梅子はうつらとろりとまどろんでいたのだ。

「本家作事奉行の魚住幸二郎殿が藩金を使い込み、その穴埋めに家宝の小狐丸を持

ち出したようなのです」

「なに、家康公より拝領のあの左文字の名刀をか」

「御意。魚住殿はそのことが発覚し、追い詰められて自死致しました。されど……」

「なんとした」

「大聖寺の奥向きへ逃げ込み、あろうことか光子様のおん前で果てたのです」

「んまあ……」

梅子が驚愕（きょうがく）し、目をぱちぱちと瞬かせた。

光子と違って色黒ではあるものの、梅子もかなりの美形で、その高貴な顔立ちを光子と比べるに、いずれ菖蒲（あやめ）か杜若（かきつばた）といったところか。

「して、光子はどうした」

成宮がうす笑いで、

「目の前で流血を見たのですから、光子様はその場でご失神なされ、そこへ駆けつけてきた本家の家来衆にご介抱されました」

「それで」

「ところがその後の光子様の動きが、些か気になるのです」

成宮が真顔を据えて、

「あちこちに家来を走らせ、何やら慌ただしく探っておられます」

梅子がきらっと、

「わかった。小狐丸を取り戻そうとしているのではないのか。さすれば本家筋の覚えもよろしくなり、天晴(あっぱ)れ光子と褒(ほ)めそやされる。ひいては大聖寺の名も上がる。それが狙いであろう」

「はっ、ご明察の通りかと」

「しかし無駄じゃな。お家の一大事ゆえ、刀は本家の者たちがなんとしてでも取り戻すはずじゃ」

「ところが」

そこで成宮は無念そうな表情になり、

「本家の家来衆は、魚住殿がどこへ小狐丸を売りとばしたのかを知らぬのです。それで血相変え、八方手を尽くして探しおります。それがしが推測致しまするに、魚住殿は自死致す前に、光子様に小狐丸の行方を明かしたのではないかと」

「うぬっ」

「しかしそういうことは、光子様は誰にも何も申しておりませぬ」

梅子が切歯して、

「それならやはり光子は……その方の推測通りとするなら、おめおめと光子にわらわが手柄を取られてしまうではないか」

「左様。ゆえにこちらが光子様を追い抜き、手柄を横取りせねばなりませぬ」

梅子は戦々恐々となって、

「相わかった。よくぞ知らせてくれた」

「姫様のおためなら、それがし、たとえ火のなかでも」

「外出を致す。その方もついて参れ」

五

石田の家は神田八辻ケ原の南、竪大工町にあり、小夏はそこの纏屋の女将である。

纏というものは、その昔、戦陣で大将のそばに立てた目印のことをいったが、近世からは大名火消しや町火消しが、火事場の標としてそれを使うようになった。

享保の頃、南町奉行大岡越前守忠相が、槍屋の石田治郎右衛門なる者を召し出し、「江戸町火消しの纏作りは、その方が一手に担うべきこと。他の者は許すまじ」

という有難い御沙汰を下された。大岡越前守は後世に名を残した名奉行だ。町火消しいろは四十八組と、本所、深川十六組を作った人である。

以来、石田の家は江戸に一軒だけの纏作りの専門店となった。そして代々世襲として石田治郎右衛門を名乗り、文化年間の今は三代目にあたる。

纏については、こうである。

纏の頭部を陀志と呼ぶ。そこに長さ三尺（約九十センチ）の馬簾を四十八枚つけ、柄は長さ五尺（約百五十センチ）の杉である。馬簾は胡粉を塗り重ねたもので、つまり纏というものは木と紙だけでできており、火の粉を浴びればたちまち損傷し、または燃えてしまう。ひとたび火の手が上がれば、翌日には石田の家へ持ち込まれ、修繕か、あるいは新規に作ることになる。纏一本の値は一両二、三分が相場だから、二両も出せば上等のものができる。

小夏はその石田の家へ嫁いだものの、亭主の三代目はあっさり早死してしまい、彼女は二十半ばにして若後家にされてしまった。子を授かっていなかったので、石田の家を潰しては大変と、一時は八方手を尽くして養子を探したこともあったが、なかなか眼鏡に適った者が見つからない。それは今も頓挫したままである。これで石田の家も三代で終わりかと、口さがない世間は噂しているが、気丈な小夏はそうはならじと、女の細腕で後家の頑張りを通している。

若後家というと、脂ののった貫禄たっぷりな女将を想像するが、小夏はさにあらず、しなやかな躰つきで、女にしては背丈があり、鼻筋の通った瓜実顔(うりざねがお)に富士額(ふじびたい)も美しく、また凛々(りり)しく秀でた男眉を具(そな)え、気を張って生きている者特有の、烈々と燃え立つ負けじ魂のようなものを感じさせる女だ。

つまりは江戸前の、小股の切れ上がったいい女なのである。

石田の家は旅籠(はたご)のような大きさで、そこに番頭の松助(まつすけ)を筆頭にして、八人の纏職人、彼らをまとめる小頭の広吉(こうきち)、さらには女中らがいて賑やかこの上ない。そして母屋(おもや)を渡り廊下でつないだ離れ座敷がある。そこは総檜造(そうひのきづく)りで、十畳と八畳の二間に広い土間が取ってある。

その離れを、一年半前の夏のある日、いずこからともなくふらりと現れた風来坊が借り受けることになった。

それが牙小次郎である。

小夏と意気を通じ合わせてそういうことになったのだが、その際、小次郎はそれまで担いでいた挟み箱をぽんと小夏に託した。なかには千両もの小判がぎっしり詰まっていて、それで諸々(もろもろ)、日常の賄(まかな)い一切を頼むと小次郎は鷹揚(おうよう)に言ったのだ。

あまりのことに小夏は仰天したが、さりとて金に目が眩むことなく、その出所なども詮索せず、ふたつ返事で引き受けたのである。

勝気な小夏のことだから、小次郎に本心などはおくびにも出さなかったが、今まで一度も会ったことのない類のこの風変わりな男に、その時、封印したはずの女の何かが揺らいだような気がしたものだった。

その日も朝から小夏は帳場に陣取り、帳付けに余念がなかった。それを番頭の松助、小頭の広吉が横に並んで手伝っている。

松助は四十になる堅実な男で、小夏の後ろから石田の家を支えている。妻子持ちで鍋町に住み、竪大工町に通っている。広吉の方は三十を過ぎているが独り身で、石田の家に住み込んでいる。また小夏の居室は母屋の奥にあって、その十畳で寝起きをしている。

このようにして江戸六十四組の纏作りを一手に引き受けているので、石田の家はしょっちゅう忙しい。帳付けなど少しでも怠ると、どこの組の修繕なのか、新規なのかわからなくなるから油断がならない。日々付けておかないと面倒なことになる。

そのため、時には徹夜で帳付けをすることもあった。

「ああ、肩が凝ってきちまった」

小夏が算盤をご破算にし、それで左肩をとんとんと叩くところへ、羽織袴姿の立派な身装の武士が店へ入ってきた。

武士は老年で、柔和な笑みを浮かべ、

「ちと尋ねるが――」

そう言うから、小夏は慌てて身繕いをし、帳場を出て板の間に正座をした。

「はい、なんぞ」

「こちらに牙小次郎殿と申す御仁はおられるかな」

「はい」

小夏が緊張で答える。

「みどもは加賀前田家に連なる大聖寺藩江戸家老、七尾佐久馬と申す」

七尾左久馬が名乗った。

加賀前田家と聞いて小夏は内心で驚き、

「それは、恐れ入ります」

叩頭した。

松助と広吉も帳場から出て平伏した。

「牙殿に直に会うて話したきことがある。取り次いで貰えぬか」

「わかりました」

ちょっとお待ちをと言い、小夏が離れへ向かった。その時にちらっと見ると、表に竹菱金鋲青漆の女乗物が停まり、おしのびとはいえ、十数人はいると思われる供の姿が見えた。それをなんだか物々しく感じながら、小夏は離れへ入って行った。

すると今日もまた、小次郎は誰ケ袖屏風の前にひっそりと座り、つくづくと眺め入っていた。

それは実に不思議な屏風絵で、人物や風景画とは違って、衣桁にかけられた袴や小袖や帯などの衣類だけが描かれている。それでいて金銀の摺箔を多用しているから寂しさはなく、むしろきらびやかで眩いほどで、王朝風の豪奢な匂いさえ放っている。それを誰ケ袖屏風といい、平安の昔には衣桁絵、衣桁屏風などと称していたらしい。

小次郎はこれが気に入り、さる筋から手に入れて朝に夕に眺めては悦に入っている。衣桁にかけられた衣類の向こうから、女たちのさんざめきさえ聞こえてくるように、彼には感じられるのだ。

「旦那、お客さんですけど」

小夏が言った。

「どなたかな」

小次郎が屏風から目を離さずに言う。

「加賀前田家に連なる大聖寺藩の江戸家老様です」

「加賀前田家？」

小次郎が面妖な面持ちで小夏を見た。

「それもご家老様お一人じゃなくて、表に女乗物のご一行も見えてるんです」

「はて、心当たりはないが……」

「どうしますか。ご家老様は直にお話ししたいと申されてるんですよ」

「うむ……」

小次郎は暫し考え、

「まっ、そういうことならお通ししてくれ」

六

小次郎の許しを得て離れへ現れたのは、光子と七尾の二人だけだった。

それを正座で迎える小次郎の前に、光子は対座すると、「こほん」と咳払いをし、

「わらわは大聖寺前田家の光子と申す」

威風辺りを払って名乗った。

「牙小次郎です」

小次郎の返答は素っ気ない。

光子は色白のぽっちゃり顔を向けると、

「そこもと、日本橋本石町の大和屋なる刀剣商より、ひとふりの小刀を購いましたな」

「いかにも」

「それは当家、いえ、本家前田家の家宝なるがゆえ、お返し願えぬか」

あくまで慇懃(いんぎん)な光子の口調だ。

小次郎は困惑している。

「大和屋に聞いたところでは、六十両で購うたそうですね。その倍の百二十両で引き取りたいが、いかがじゃ」

小次郎は無言で腕組みだ。

光子はその様子を見て、小次郎が値に不服なのかと勘違いをして、

「では百五十両でどうじゃ」

「……」

「二百両までなら用意がある。頼む、返してくりゃれ」

　小次郎が失笑した。

「これ、何がおかしい」

　光子が柳眉を逆立てた。

「金で面を張るのは、相手を見てからにした方がよろしかろう。まずは事情を知りたいものだな。それを語るのが筋ではないのか」

「それは……」

　光子が言葉に詰まると、七尾が助け船を出し、

「事情を申さば、お返し頂けるか」

「事情次第であるな」

　突き放したような小次郎の言い方に、七尾はむっとしながらも、

「では有体に申そう。実は身内の恥になるのだが、本家の家士が藩金を使い込み、その穴埋めを致さんと大和屋へ小刀を売りとばしたのでござる。小刀は長門国の住人左文字なる刀工が鍛えし業物にて、小狐丸と申す。藩祖前田利家公が家康公より賜ったものゆえ、つまりは前田家伝家の家宝ということに相なる。不心得な家士

の悪行のため、われらこうして困っているところなのじゃ。なんとかお返し願えぬか」

「ふむ」

七尾の申し状は筋道が通っているので、小次郎の心が動きかけた。

すると光子が居丈高(いたけだか)になって、

「その方、素浪人の分際でわらわを困らせるつもりか。この上片意地を張るのなら、こちらにも考えがありますよ」

「ほう、どのような考えがあるのかな」

「手勢をくり出して攻め入れば、その方などひとたまりもあるまい。相手をよく見てものを申すのじゃな。ここはおとなしゅう刀を返しなさい」

高慢ちきな小娘の言い草が気に入らなくなり、小次郎も反撥(はんぱつ)して、

「気が変わった」

「なに」

「小狐丸は売らぬ。お帰り願おう」

「そ、その方、おのれの思慮の浅さに気づかぬのか。事をこじらせると不利になるのですよ」

「なんと言われようと、おれの気持ちは変わらん」

小次郎に睨まれ、光子は泣きそうになって七尾を見た。

七尾は形勢不利と見て、はあっと大きな溜息を吐くと、

「……どうやらこの御方の機嫌を損じたようでござるな。姫、出直して参りましょう」

「七尾、それでは小狐丸が」

「まっ、今日のところは、姫。爺いにおしたがい下され」

七尾が光子をなだめすかし、出て行った。

小次郎は立って押入れにしまった小狐丸を手に取り、刀袋を解いてなかから小刀を取り出し、すらりと白刃を抜き放つや、改めてその美しい刀身に見入った。

これが左文字作の名刀とわかると、また格別の思いになる。

そこへ小夏があたふたと入ってきた。

「旦那、その刀ですね。言い忘れてましたけど、さっき大和屋さんがきて、旦那に言われた通りに六十両を渡しておきましたよ」

小次郎は無言だ。

「今の姫君とご家老さん、それを返してくれって言ってるんですよね。帰りしなに、

ご家老さんがあたしに言ってました」

「これは加賀前田家の家宝らしい。それがめぐりめぐって、いや、間違っておれの手に渡ったのだ」

「だったら、お返しんなった方が」

「六十両で購ったものを、二百両で引き取ると言っていた」

「まあ、大儲けじゃありませんか」

はしたない小夏の言葉に、小次郎がひんやりとした目をくれる。

「い、いえ、おあしのことはともかく、前田家がこのますんなり引き下がるとは」

「思えんな」

「悶着(もんちゃく)を起こすんですか、加賀百万石と」

小夏は緊張気味だ。

「光子という姫君の態度が気に食わん。礼を尽くしていれば、返すことにおれはやぶさかではなかった」

「でも相手は世間知らずのお姫様(ひいさま)なんですから、多少のことは割り引いて上げたらどうですか」

「素浪人呼ばわりされ、おれの心はねじくれた」

「んまあ、旦那ったら……」

また小次郎のへそ曲がりかと、小夏が嘆息した。

松助が泡を食ってやってきた。

「旦那、牙の旦那、また加賀様のご一行が見えましたよ。こりゃいってえどうなってるんでござんしょうかねえ」

小夏が驚きで、

「ええっ、たった今帰ったばかりなのよ」

「いえ、それが……今度は越中富山の前田家だと言ってるんで」

「越中富山の前田家……」

おうむ返しに言い、小夏が面食らって小次郎を見た。

小次郎は皮肉で謎めいた、不思議な笑みを浮かべている。

七

梅子は光子よりもさらに高飛車(たかびしゃ)だった。

小次郎の前に座るなり、

「これ、牙小次郎とやら、ここに小狐丸があることはわかっている。それゆえに否やは申すでないぞ。すみやかに返さねば後悔することになるが、わかるな」

まるで男のような言い様に、小次郎は内心でげんなりした。

しかも梅子だけでなく、その背後に控えた成宮寛吾までもが、高圧的な目で小次郎のことを睨んでいる。

「お返しする気はないな」

小次郎が木で鼻を括ったように言った。

梅子と成宮が気色ばんで見交わし、

「なぜじゃ」

権高な口調で梅子が咎めた。

「小狐丸が気に入ったのだ。あれと生涯を共にすることにした」

成宮が冷笑を湛え、

「そのようなことを申すと、その方の生涯など、あっという間に幕を閉じることになろうぞ」

「脅しかな」

「親切心で申している」

「親切心が聞いて呆れるな。天下に名高き前田家に連なる方々にしては、些か品がよくないようだ。人を脅してまでの無理押し、我慢がならん。早々に立ち去られよ」

「そうはゆかぬ」

成宮は短気らしく、かっとなって脇に置いた大刀を引き寄せた。

小次郎が冷やかな目で成宮を射竦める。

二人が火花を散らせて睨み合った。

すると梅子は気を取り直したのか、態度をいくらか改めて、

「小狐丸はその方が持っていてもなんの役にも立つまい。言葉は悪いが、宝の持ち腐れであろうが。わらわに返してくれぬか。大和屋は六十両で譲ったと申しているが、その倍を出してもよいのだぞ」

光子とおなじことを言った。

だが小次郎の心は微動だにしない。

成宮が目に怒りを見せて、

「その方、値を吊り上げてひと儲けを企んでいるのではないのか。それならやめて

おけ。当家は甘くはない。言いなりにはならんぞ」

「そうかな」

「どういうことだ」

「光子殿は二百両まで出すと申している」

小次郎の目は二人を揶揄(やゆ)している。

「な、なに」

成宮が殺気立ち、梅子と視線を絡ませ合った。

「光子がここへきたと申すのか」

梅子は焦りと苛立ちを見せ、落ち着きを失って、

「おのれい、やはりその方は金ずくで小狐丸を。なんと浅ましい男なのじゃ」

吐き捨てるように言った。

「なんと言われようが一向に構わん。これも浪々暮らしの身過ぎ世過ぎ、おれは金の多い方へ靡(なび)くつもりでいる」

小次郎が嘯(うそぶ)いた。

「ならば三百両で手を打たぬか」

梅子がきりりと眉を吊り上げ、金切り声を上げた。美貌が台なしだ。

「お断りだな」

「き、金子の多い方に靡くと、たった今そう申したではないか」

「おれは金だけではない。光子殿の方がいくらか人柄がよさそうなので、そっちへ気が傾いている」

小次郎は明らかに梅子を嬲っている。

「な、なっ……」

梅子が顔色を変え、やがて憤然となって、

「成宮、もうこの者に用はない。帰りまするぞ」

「いや、しかし姫……」

「この上の屈辱は耐えられぬ。わらわはこれほど不快な思いをしたことはない」

梅子が立って着物の裾をひるがえし、さっと出て行った。

「姫っ」

成宮も追って行きかかり、そこで小次郎にふり向くと、

「貴様、このままでは済まぬからな。肝に銘ずるがよいぞ」

捨て科白を残して立ち去った。

小次郎も不快を表し、冷めた茶を飲みかけるが、不意にそれをやめて中身を縁の

向こうへばさっと投げた。

「あっ」

思わぬ少女の叫びが聞こえた。

小次郎がうろんげに見やると、木綿の粗衣に前垂れ姿の娘が肩先に茶を浴び、うろたえていた。新参女中のお咲だ。

「これはすまん、気がつかなかったのだ」

小次郎が縁へ出て詫びると、お咲は恐縮の体になって畏まり、手拭いで濡れた所を拭きながら、

「いえ、いいんです。あたしの方こそ……」

桃割れに結った髷も愛らしく、つぶらな瞳を上げてお咲が言った。

「おまえ、会うのは初めてだな」

「はい、まだ奉公にきて三日目なんです。でも牙様のことは朋輩の皆さんから聞かされております」

「ほう、おれのことをどのように聞かされているというのだ」

「近寄り難いお人で、怖そうに見えるけど、実はそんなことはなくて、とてもおやさしい御方だと」

小次郎がうす笑いで、

「誰がそんなことを言っているのだ」

「えっ、皆さんの言うことは間違ってるんですか」

「間違っている。おれは気難しくてへそ曲がりで、本当は怕い男なのだぞ」

がっと牙を剝いて狼の真似をすると、お咲はびっくりして身を引き、それから
くすくすと笑い出した。

小次郎も笑い返して、

「おまえ、名は」

「あ、申し遅れました。咲といいます。花の咲く咲です」

「可愛い名ではないか」

お咲が恥ずかしそうにうつむく。

「ここには住み込みなのか」

「ええ。今はそうですけど、でもそのうち仕事に馴れたら通いにして貰おうと思ってまして、お父っつぁんが鍛冶町一丁目の寅蔵長屋に住んでいて近いんです。ですからお使いに出ると、ちょくちょく立ち寄ってます」

「何をしている、お父っつぁんは」

「櫛職人です。毎日家でこつこつと、いろんな櫛を挽いてます。これ、お父っつぁんのこさえたものなんですよ」

髪に挿した櫛を抜き取り、それを自慢げに小次郎に差し出した。

小次郎が手に取り、眺め入る。

それはなんの変哲もない黄楊の櫛だが、削りも艶もよく、お咲の父親はいい腕前の職人と見た。

小次郎がそれを返して、

「お父っつぁんによろしく言ってくれ」

「はい」

にっこり笑って、お咲は庭伝いに母屋の方へ去って行った。

それと入れ違うようにして、小夏が渡り廊下から離れへ入ってきた。

「旦那、今の姫君も怒って帰っていきましたけど、どうなってるんですか。本当に加賀百万石を敵に廻すことになっちまいますよ。あたし、知りませんからね」

小次郎を睨むようにした。

それには答えず、小次郎の関心はお咲に向かっていて、

「小夏、お咲という娘、しっかり者だな」

「お会いんなったんですか」

「あれは気立てがいい。大事にしてやれ」

「あの子はひとり娘でしてね、おっ母(か)さんを早くに亡くして、ずっとお父っつぁんと二人だけでやってきたらしいんです。うちへきてもみんなに可愛がられて、陰(かげ)日向(ひなた)なくよく働くんですよ」

「うむ」

「それよりどうするんですか、百万石」

「知るものか」

小次郎が不貞腐(ふてくさ)れたように、肘を枕にごろりと横になった。

八

「牙様っ」

翌日、竪大工町の町内を散策していると、背後からお咲に声をかけられた。

真冬とは思えないうららかな日差しを浴びながら、小次郎が歩を止めて見返る。

風呂敷包みを抱いたお咲が、息を弾ませて駆け寄ってきて、

「ちょっとお使いに出たんで、お父っつぁんの所へ顔を出してきたんです」

「そうか」

二人は肩を並べて歩きながら、

「何をしていた、お父っつぁんは」

「いつもとおなじです。あたしが行っても、ものも言わないんですよ。こつこつと櫛を挽いてました」

「おまえ、早くに母親を亡くしたそうだな」

「ええ……あたしが七つの時に、流行り病いで。一日中笑ってるような、明るいおっ母さんでした」

「お父っつぁんは無口で、母親は朗らかなのか」

「そうです」

「おまえはどっちに似たのだ」

「両方です。あたしもお父っつぁんみたいに黙ってる方が多い時と、おかしくもないのに笑ってばかりの日があります」

「つまりは気まぐれなのか」

「そうじゃありませんよ」

小次郎が裏通りにある甘味処へ誘うと、お咲は子供のようにはしゃいで「嬉しい」と言った。

小座敷に上がり、二人で向き合って汁粉を食べる。

「なんだか、変ですね」

お咲がくすっと肩を竦めて笑い、

「牙様とお汁粉なんて、似合いませんよ」

小次郎は微笑している。

たった一日しか経っていないのに、お咲は随分と小次郎にうち解けている。これも相性かな、と内心で思う。彼もお咲の屈託のなさが好きで、その若さと生命力には圧倒されるものがあった。

「牙様、お尋ねしてもいいですか」

「何を聞きたい」

「女将さんとの仲です」

「ふむ」

「皆さん、噂してるんです」

「どんな噂かな」

「お二人は惚れ合ってるんじゃないかって」

「おまえ、歳は幾つだ」

「十六ですけど」

「このおませが」

小次郎が指先でお咲の額を小突いた。

そうされたことが嬉しいらしく、お咲は顔を赤くしながら恥ずかしげな笑みで、

「それで、どうなんですか」

さらに興味津々で聞いてきた。

小次郎が惚けたように、

「小夏のことはなんとも思っておらん」

「嘘ですよ。だって女将さん、一にも二にも牙様なんですよ」

「それは小夏の勝手だ」

「じゃあ嫌いなんですか」

「好きだよ」

「ええっ」

「小夏はいい女だ。いや、いい人と言うべきかな。罪のない善女だ」

「そんなことはわかってますけど……」

お咲がつまらなそうに口を尖らせる。

「なんだ、不服なのか」

「いいえ、でも……それじゃ女将さんが可哀相です」

「どうしてだ」

「だってえ……」

「人の心配より、自分のことを考えたらどうだ」

お咲がぱっと目を輝かせ、

「あたし、これでも夢があるんですよ」

「言ってみろ」

「子供を沢山持ちたいんです」

「いいことだな」

「出逢えるでしょうか、いい人に」

「おまえなら大丈夫だ」

「それじゃ、幸せになれるんですね」

「おれが保証するぞ」

たちまちお咲が破顔し、喜びを浮かべた。

その産毛(うぶげ)の生えたような、ぷっくらしたお咲の頬の膨らみに、小次郎は思わず慈愛を覚えた。

九

その夜も更けて、草木も眠る丑三(うしみ)つ刻(どき)(二時)である。

寝返りを打った小次郎が、すっと尋常ならざる気配を感じて目を開けた。

石田の家の敷地のどこかで、異様な気配を感じ取ったのだ。

「……」

枕許の大刀を引き寄せ、夜具から出た。そして毛羽織をひっかけ、戸口から渡り廊下の闇を油断なく窺った。

暗黒に二つの人影が争うようにして、うごめいていた。

「誰だ」

小次郎が誰何(すいか)し、前へ出た。

ひっ、とお咲の悲鳴が漏れた。

そのお咲の口許を片手で塞ぎ、黒装束に烏天狗（からすてんぐ）の面を被（かぶ）った長身の男が立っていた。

お咲は寝巻姿だ。

「何者だ」

「おれを知らんのか」

面の下から、くぐもったような男の声だ。

「おれは満天下を震え上がらせている烏天狗様だ」

その名は小次郎も耳にしていた。烏天狗は御府内を荒らし廻っている大盗（おおぬす）っ人（と）で、兇悪この上なく、押し込んだ先で何人もの人を手に掛けていた。

「ふん、盗っ人か。おまえのことなどはどうでもよい。その娘を放せ」

「小狐丸をここへ持ってこい」

「なに……」

小次郎の表情が引き締まった。

「噂を聞いて押し込んだ。加賀前田家の伝家の宝刀があるはずだ。それを寄こせ。さすれば娘を自由にしてやる」

「……」

「どうなのだ、返答致せ」

「おまえ、武家だな」

「いかにも。わが武門地に堕ちて、かくなる次第に相なった。こうなったる上は太く短く生きる覚悟よ。その方より小狐丸を手に入れたら、高値で売り払うのだ」

「………」

「寄こさぬなら、この娘の命は」

烏天狗が大刀を抜き放ち、白刃をお咲の首筋にぴたっと押し当てた。

生きた心地がせず、お咲は必死の目を小次郎に向けている。

「……わかった」

小次郎が退き、離れへ戻ると、やがて小狐丸を持って戻ってきた。

「娘を放せ」

「刀が先だ」

「………」

「早くしろ」

小次郎が小狐丸を放り、烏天狗がそれを受け取った。

その手が空いた隙に、お咲が小次郎の方へだっと逃げかかった。

とたんに烏天狗の大刀が兇暴に閃いた。

「あっ」

お咲が叫んだ。

小次郎が息を呑(の)んだ。

後ろ袈裟(けさ)斬りにされたお咲が暫し佇立(ちょりつ)し、それから静かに倒れ伏した。

「……」

小次郎が魂の抜け落ちた顔になった。

それを尻目に、小狐丸を携(たずさ)えた烏天狗は消え去った。

十

それから数日が経った。

鍛冶町一丁目の寅蔵長屋で、櫛職人の仁吉(にきち)は朝かち黙然と茶碗酒を飲んでいた。

その目の前には、粗末なお咲の位牌(いはい)が置かれてある。

仁吉は熊を思わせるような大きな男で、月代(さかやき)や不精髭(ぶしょうひげ)を伸ばし放題にし、純朴そうな顔は悲しみに満ち、虚脱したようになっている。

仕事はずっとしていないらしく、櫛挽きの道具である鋸（のこ）、丸鉋（まるかんな）、艶出しの棕櫚（しゅろ）などが雑然と片隅に寄せられ、石盤の上には白木のままの櫛が幾つも放ったらかしてあり、それも埃（ほこり）を被っている。

油障子（あぶらしょうじ）が開けられ、小次郎がそっと顔を覗（のぞ）かせた。

だが仁吉は背を向けたままで、そっちを見ようともしない。

小次郎が静かに入ってきて、

「牙小次郎という者だ」

ぼそっと言った。

今日の小次郎は、喪（も）に服したかのような黒の着流しに大刀の一本差だ。

そこで初めて仁吉が小次郎を見た。その目には憎しみが浮かんでいる。

「あんたか。そうか、あんたか。話はよっく聞いてるぞ。どうしてとむれえにこなかったんだ」

「……」

「お咲に悪くって、手を合わせられなかったのか。それじゃおれの娘は浮かばれねえじゃねえか」

何も言わず、小次郎がひっそりと上がり框（かまち）にかけた。

仁吉が言い募る。

「も、元はと言やあ、みんなあんたが悪いんだろう。あんたが刀さえけえしてりゃあ、こんなことにはならなかった。ひとふりの刀をめぐって、御大家（ごたいけ）を相手に悶着を起こしてたらしいが、そんなこたあこっちの知ったこっちゃねえ。その火の粉を被って、なんでお咲が殺されなくちゃならねえんだ。どうしてなんだよ」

仁吉の目から大粒の泪（なみだ）がこぼれ落ちた。

それを拭おうともせず、膝に置いた両の拳をぶるぶると震わせ、この男は腹の底から憤っている。そして感情が抑えきれず、震える手でがぶがぶと茶碗酒を飲んだ。

やがて濡れた口許を手で拭い、小次郎に持って行き場のない怒りの目を向けた。

うなだれ、沈黙していた小次郎が、

「……すまん」

とだけ言った。

「ふざけるな」

仁吉が声を荒らげ、空の茶碗を土間に投げつけた。

茶碗が割れて破片が散らばる。

「けえしてくれよ、お咲を。元のまんまでけえしてくれよ」

「……」

「あんたらお武家はいってえ何をやってるんだ。つまらねえ意地の張り合いで、罪もねえ娘が死んじまったんだぞ。そのことがわかってるのか。こうやっていつも泣きを見るのはおれたちじゃねえか」

「……」

「もういい、けえってくれ。あんたらの面なんざ見たくもねえ」

「……」

痛恨の思いで、小次郎はうつむいている。

仁吉が再び背を向け、嗚咽を始めた。

小次郎は無言で立ち、仁吉の背に小さく頭を下げると、悄然と表へ出た。

十一

小次郎が仁吉の家から出てくると、そこに岡っ引きの三郎三がむかついた顔で突っ立っていた。

そして憂い顔で歩き出す小次郎に、三郎三はつきしたがいながら、

「表で聞いておりやしたぜ。旦那はちっとも悪くねえのに、何もあそこまで言うこたあねえじゃねえですか」

小次郎は何も言わない。

「しかもこっちは、これからお咲って子の仇討を考えてるってのに……あんな言い方されたら身も蓋もありゃしねえ」

三郎三はぶちぶち言いながら長屋を出て、小次郎と共に大通りへ向かった。

この男は紺屋町の三郎三と呼ばれ、威勢のよさと直情径行ぶりが取り柄の、まだ駆け出しの御用聞きである。歳は二十半ばで、小柄な上に貫禄が具わっていないから、時に使いっ走りの下っ引きに間違われ、本人はそのつど腐っている。いつもやる気満々で、顔つきは喧嘩っ早い猿を思わせた。

小次郎とは意気が合い、一朝事あらば、こうして何はさておき馳せ参じる仲なのだ。

「烏天狗とは、どういう賊なのだ」

小次郎が初めて口を開いた。

「へえ、あっしは追いかけてなかったんで、奴についちゃ何も知りやせんでした。それでいろいろと同業に聞いて廻ったら、神田界隈に出没したことはこれまでなくって、今までは主に千住や浅草を荒らし廻っていたとか。兇状を始めたのは一年ぐれえめえからで、その間に三件の押し込みを働いておりやす。いずれも大店ばかりでして、手下は五人ということです。歯向かって斬り殺された奉公人が四人、盗んだ金は五百両を下らねえという話でさ」

「そして首魁は鳥天狗の面を被り、黒ずくめのいでたちなのだな」

「その通りで」

「三郎三」

「へい」

「なんとしてでも鳥天狗を突き止めてくれ」

「わかっておりやす」

三郎三は確とうなずくと、

「それで見つけ出して、旦那は本当にお咲って子の仇討をなさるおつもりで」

「そうだ。仇討をしてやる。それをやらねばおれの立つ瀬がない。今はお咲に申し訳ない気持ちでいっぱいなのだ」

小次郎の目に烈しい怒りと悲しみが溢れていて、その訴えに三郎三はぐっと胸の詰まる思いがした。

「任しといて下せえ。寝る間も惜しんで探索しやすよ」

十二

富山藩邸の御殿で、梅子が数人の付女中たちと歌留多をしているところへ、成宮寛吾が慌ただしくやってきた。

昼を過ぎたばかりで、このところ穏やかな日がつづいていた。

「姫、光子様がお目通りを願っておられまするが」

梅子がぱっと表情を華やかなものにして、

「まあ、光子が。なんとも珍しいことがあればあるものじゃな。いったい何用であろう」

「火急の御用との仰せにござる」

梅子と成宮は付女中たちを憚り、何やら含んだ視線を交わし合っている。

「わかりました。会いましょう。ここへ通しなさい」

「はっ」

成宮が去ると、梅子は付女中たちを退らせて光子を待った。

やがて威風辺りを払い、光子がやってきた。

「無沙汰でありましたな、梅子」

梅子の前に着座し、はったと見据えるようにして光子が言った。

「いいえ、それはわらわの方こそ。壮健なようじゃな」

「つつがなく暮らしておりました」

「それは何より。して、御用とは」

「ほかでもない。小狐丸のことじゃ」

梅子が空惚けて、

「小狐丸がどうかしましたか」

「空々しいことを申すな」

光子が柳眉を逆立て、

「あれが不心得者の手によって売りとばされたことは先刻承知のはず。それでわらわは本家の一大事と、懸命に探索をしておりましたのじゃ」

「見つかりましたか」

まだ梅子は惚けている。

「神田に住まいおる牙小次郎と申す浪人者の手に渡り、わらわが返してくりゃれと懇願致したが、聞き容れられなんだ」

梅子がやわらかな笑みになって、

「では有体に申しましょう。実はわらわも本家の大事と、そこもとのあとに牙の許へ足を運んだのじゃが、結果はおなじでありました」

「牙は断ったのじゃな」

「はい」

光子が苛立ちを漲らせ、膝を進めて、

「では何ゆえ、小狐丸が本家へ無事に戻ったのじゃ。そのこと今朝になって聞きつけ、まっこと驚いた。その経緯を聞きに参った」

「それは……」

「千金万金を積んだのか。いや、それは考えられぬ。あの依怙地な男が金で転ぶはずはない。それをどのようにして取り戻したのか、腑に落ちぬではないか」

梅子が勝ち誇ったような、若いのに艶然とした笑みを浮かべ、

「光子、すまぬが仔細はゆえあって明かすわけには参らぬ」

「なぜじゃ」

「なぜでもです」

光子が考えめぐらせ、はっとなって、

「梅子、まさか……」

「まさか、なんです」

「籠絡したのか、牙を」

「わらわがあの男を籠絡したとな」

梅子がけたたましい笑い声を上げ、そして次には表情を険しくして、

「これ、光子。わらわがそのようなはしたない真似をすると思うてか。そこいらのふしだら女と一緒にされては困りますぞ」

「ではどのようにして」

「明かせぬと申したら明かせぬ。なぜにそのようにやきもきとなされるか。小狐丸は無事に戻ったがゆえ、それでよいではないか」

強硬にはねつけられ、光子はそれ以上何も言えなくなった。

そうして光子は、築地塀ひとつを越した大聖寺藩の御殿へ戻っても、腑に落ちずに悶々としていた。

何も手につかず、不審が募ってならないのだ。

するとと付女中の旗江がやってきて、

「姫様、どうでございましたか」

小狐丸が本家に戻ったという情報を知らせたのは、旗江であった。

「不首尾であったぞ、旗江。梅子は惚け通して、肝心な話は何もせぬ」

「はあ」

「牙小次郎に会うて聞いてみたらどうかの」

旗江が慌てて、

「そ、それはなりませぬ。あのような市井無頼の徒に弱みを見せたら、つけ上がるだけでござりましょう」

「されど、このままでは……」

「姫様、何はどうあれ、小狐丸が無事に戻ったのですから、この件はもう忘れた方がよろしいかと」

旗江が懸命に諫めると、光子は不興を表して、

「牙も梅子もみんな嫌いじゃや。二人してわらわを嘲笑うているような気がする」

「そんな、決してそのようなことは……」

「旗江、わらわの気性を承知しておろう」

「と申されまするとか?」

「こうと思うたら、居ても立ってもいられなくなるのがわらわである。我慢をするのが大嫌いなのじゃ」

「はい。ご幼少のみぎりより、そのようでございましたね」

旗江は光子より二つ、三つ上で、光子のわがままぶりは伝聞である。

「一度は紛失して大騒ぎとなった小狐丸が、どのような経緯を辿って元に納まったのか、それがわかるまでは胸のつかえは取れぬぞ」

「は、はい、では姫様はどのようになされたいので?」

「しのびで、やはり牙小次郎に会いに行く」

「ええっ、そんな無謀な」

「それに牙と話している方が、梅子よりずっとよいではないか」

これはいくら反対しても無駄と、旗江は覚悟をつけて、

「わかりました。日の暮れまでお待ち下さりませ。わたくしがなんとか致しまする」

「うむ、それでよい。空腹を覚えた、昼餉を持て」

十三

三郎三は若い親分なので、下っ引きを束ねるのもひと苦労だ。

年上は使いづらいし、向こうも気を遣うからなんともやり難い。以前に湯屋の三助をやっている男を使ったが、これは歳は三十で三郎三よりも貫禄があり、一緒に歩いていると向こうが親分と間違われ、すっかり腐ってやめて貰った。

それで畢竟（ひっきょう）、年下の者ということになるのだが、十三、四では話にならないし、十七、八がいいところだ。しかしそういう十代の若者の上に立っても、なんだかお山の大将をやっているようで、三郎三は気が引けてならない。といって捕物は一人ではできず、背に腹は替えられないから、何人かの半端者を使ってはいる。

そんななかで市松（いちまつ）というのが少しは見込みがあり、まだ十七ではあるが、本人が捕物好きのせいもあってそれなりに役に立ってはいる。多少うすら頓馬で間抜けなのだが、使い易いので三郎三は可愛がっているのだ。

炭屋の倅（せがれ）で何不自由ないのだが、本人に店を継ぐ気はなく、将来は三郎三のような威勢のいい親分になりたいと言っている。炭屋らしくない色白で、顔は出来損ないの薩摩芋のようだが、背丈は三郎三よりずっと上だ。

それが烏天狗の探索に浅草界隈を駆けずり廻っていて、妙な話を聞き込んできた。

「おい、おれに話す時は身を屈めろよ」

上から見下ろされるのが嫌だから、いつも三郎三はこうして市松に文句を言う。

浅草寺の人混みで、市松は「こんなもんですか」と言ってしゃがんでみせた。

「屈み過ぎだろう、馬鹿野郎。そんなにおれは背が低いかよ」

「低いです」

「うるせえ」

三郎三は市松の額を小突いておき、

「なんだ、耳よりな話ってな」

中途半端に身を屈めた市松に聞いた。

「ある小屋が怪しいんです」

「なんだ、ある小屋ってな」

「だからある小屋です」

「おめえな、馬鹿にしてるのか、おれのことを」

「してません、今は」

「なんだと、じゃ昔はしてたのかよ」

「去年まではしてました」

「殺すぞ」

「やめて下さい」

「で、それはどんな小屋なんだ」

「奥山にある見世物小屋です。見世物小屋というのは、ろくろっ首や一つ目小僧やのっぺらぼうがいる所です」

「わかってるよ、そんなこたあ。誰だって知ってることだろう」

「親分は世間知らずだから」

「おめえに言われたくねえな」

「すみません」

「その先だ」

「どこです」

市松が四方を見廻す。

「そうじゃねえ、話の先だよ」

「天狗座っていうんです、その一座」

「天狗座……」

にわかに三郎三の目が熱を帯びてきた。

「烏天狗で天狗座たああまりにも出来過ぎだが、そいつぁ気になるな」

「しかも一座の数も六人なんです」

「よし、そこへ案内しろ」

「親分一人で行って下さい」

「なんで」

「もし本物だったら、命が惜しい」

「ふざけるな」

三郎三がぽんと飛び上がって、市松の頭をぶっ叩いた。

十四

「小狐丸が戻った？」

小次郎が思わず問い返した。

その前に座った光子は、小次郎に疑わしい視線を注いでいる。

暮れ六つ（六時）を過ぎてからの、突然の光子の訪問だった。

今日は家老の七尾佐久馬の姿はなく、表で光子を待つのは、少数の家士と旗江ら付女中だけである。

二度目ともなると、小夏はもはやそれほど慌てなかったが、しかし松助や広吉共々、光子の来訪の真意を測りかねて戸惑うばかりだった。というより、お咲の死と絡めて考えるに、小夏たちは前田家を忌み嫌うようになっていた。

そして光子は小次郎と対座するなり、梅子の手を経て、小狐丸が本家へ戻されたことを告げたのである。

「これ、牙殿。そこもとの手から、いかにして小狐丸が梅子の許へ渡ったのじゃな。そこのところが知りたい。有体に申せ」

光子の詰問口調に、小次郎は辟易だ。

「そのこと、姫はどのようにお考えかな」

「わらわをないがしろにして梅子と取引をした。そうであろう。だとしたら、わらわの立場はどうしてくれる」

「ふん」

小次郎はしだいに腹が煮えてきた。

「姫の立場とは何かな」

「前田家支藩として、当家がやろうとしていたことが無に帰したではないか」

「それがそれほど大事なことか」

「何を申す」

光子の眉間に縦皺が寄った。

「そこもとの面子や立場など知ったことではない。こっちは人一人死んでいるのだ」

「ひ、人が一人とな……」

そのことは初耳だったので、光子が驚愕する。

「では打ち明けよう。巷に跳梁する烏天狗なる賊が押し入り、ここの下女を人質に取って小狐丸を寄こせとの強談判に出た。それで刀を渡すや、賊はおれの目の前で下女を手に掛けたのだ」

「なんと……そんなことがあったのか」

光子の顔から血の気が引いた。

「賊の奪った小狐丸が、何ゆえ梅子殿の手に落ちたか。尋常に推測するなら、梅子殿が烏天狗を雇ったとしか思えまい」

光子が烈しく動揺して、

「待ちゃれ。わが身内ゆえに庇(かば)うわけではないが、いかに家宝を取り戻すためとは申せ、梅子はそこまで悪辣(あくらつ)なことは致さぬ」

「しかし事実はこの通りではないか。梅子殿はなりふり構わず、小狐丸を取り戻したかったのであろう」

小次郎がぐっと光子を睨み、

「このこと、おれは断じて許さんぞ」

光子がさっと顔を強張(こわば)らせ、

「ゆ、許さぬとは……わが前田家一門と事を構えるつもりか」

「場合によっては、屍(しかばね)の山を築くことになるやも知れん」

これは小次郎の脅しだ。

「おのれ、その方、度(ど)外れたことを申すも大概に致せ。高々下女ごときの死に、何を血迷うてか」

「なんと申した」

小次郎が顔を青くし、怒りを滾(たぎ)らせて光子を睨んだ。

光子はたじろぎ、言葉を失う。

「高々下女ごときとはなんだ。下女は虫けらなのか」

「そ、そうは申さぬが……」

光子はうろたえ、即座におのれの非を認めて、

「すまぬ。わらわの舌禍であった。この通りじゃ、詫びる」

小次郎が厳しい表情で押し黙った。

「牙殿、許してたもれ。わらわが悪かった」

「……」

小次郎が拒絶の姿勢になり、光子に背を向けた。

取りつく島がなく、光子は気まずく立ちかけ、そこでふっと誰ケ袖屏風に目を吸い寄せられた。そして袴や小袖や帯だけが描かれた屏風絵に釘付けになり、われを忘れて見入った。

その光子の奇異な動きに気づき、小次郎がうろんげに見やる。

「あな、なつかしや。これは誰ケ袖屏風ではないか」

小次郎は無言だ。

「以前からここにあったのか」

「……」

「初めに参った時は気づかなんだ。あの時はそこもとから小狐丸を取り戻すことばかりを考えていたせいじゃな。それにしても、このような所で……」

感極まった様子の光子だが、それでも小次郎は拘(こだわ)りの沈黙をつづけている。

光子が問わず語りに、

「幼少の折、これとおなじものがわが御殿にもあったのじゃ。それが小火(ぼや)が出てあえなく焼失してしもうた。子供の目から見ても大層風変わりな絵に映ったものよ。衣装ばかりで人けがなく、いったい誰が、なんのつもりでこのような絵を描いたものかと、幼きわが胸は面妖でならなかった。されどこの絵には不思議な魅力があり、なぜか惹(ひ)きつけられ、時を忘れて見ていたことを憶えておるぞ」

尖っていた小次郎の表情が少しやわらいできて、

「これは平安の昔より雲上人(うんじょうびと)の目を楽しませてきたものだ。古今和歌集(こきんわかしゅう)の一節にも詠まれている」

「存じておる」

そこで光子は襟を正すようにして、

「色よりも　香こそあはれと思ほゆれ　誰が袖ふれし宿の梅ぞも」

小次郎が満足げにうなずき、

「おれもこれが好きでな、朝に夕べに眺めている」

「左様か。そこもとはこの絵に何を見る」

「見るのではなく、聞いている」

「なに、聞くと申すか」

「そうだ」

「では何が聞こえる」

「女官たちのさんざめきだ。心楽しげに、他愛もないことを語り合うている。それを聞くのが楽しみだな」

「…………」

「姫には何が聞こえる」

「わらわの耳には、亡き父の叱る声じゃ。なつかしゅうてならぬ」

「亡き父とな」

「左様」

光子の語るところによれば、実父は八代前田利考(としやす)で、彼女が八歳のみぎりに二十八歳で身罷(みまか)っていた。そして九代利之(としこれ)は現在二十八歳で、これは七代利物(としたね)の長男なのである。つまり現藩主と光子は従兄妹という間柄になる。

十八歳の光子にとって実父の記憶と、この誰ケ袖屏風の思い出は鮮明で、共にありありと今でも彼女の胸に棲んでいるという。

それを語ると、光子は今まで見せなかったような表情になり、改めて小次郎に目をやって、

「誰ケ袖屏風を愛でるとは、とても尋常な士とは思えぬ。そこもと、氏素姓を聞かせよ。いかなる君主に仕えていましたか」

「浪人にもいろいろある。確かにおれは異端かも知れぬ。それだけに出自は明かせぬな」

「そうですか」

いつの間にか光子は言葉を改めていて、権高な様子は影をひそめていた。

その時、襖の陰から旗江の声がして、「姫様、もうお戻りになりませぬと」と言われ、光子はそれに答えて席を立った。

小次郎と目が合い、旗江は何やら思いを残すような風情で小さく会釈し、帰って行った。

それを見送り、姫君のお守りをする家臣の気持ちがわかったような気がし、小次郎はほっと安堵の息を吐いた。

そこへ小夏と三郎三が揃って入ってきた。

「旦那、どうしちまったんでしょう」

小夏が戸惑いを浮かべて言う。

「なんのことだ」

「今の姫君ったら、これまではつんけんしてあたしなんざ歯牙(しが)にもかけない風情だったのに、今日はどうしたわけか、いつも迷惑をかけて相すまぬなんて言っちゃって、しおらしく帰ってったんですよ」

小次郎が頬笑(ほほえ)んで、

「それでよい」

「何がいいんですか」

そうつっかかっておき、小夏は真顔になると、

「お咲ちゃんが殺されたの、あの姫君たちのせいじゃないんですか。烏天狗と関わりがあるに決まってますよ」

「それをこれからはっきりさせるのだ」

言って、小次郎が三郎三に目を向けた。

三郎三が得たりとした様子で膝を進め、

「旦那、耳よりなお知らせが」
「申せ」
「奥山に天狗座ってえ見世物小屋がありやして、こいつがちょいとばかり……」
「怪しいのか」
「へえ」
「天狗座とは、烏天狗と語呂合わせのつもりか」
「あっしもそう思いやしたよ」
「よし、案内致せ」

十五

見世物がはね、ろくろっ首、一つ目小僧、のっぺらぼうなどの扮装を解いた五人の座員が、座長の蟹五郎（かにごろう）の部屋へぞろぞろと集まってきた。座員は男ばかりで、年代はおのおのが黒い着物を着て、長脇差（ながドス）を手にしている。

二十代や三十代と、ばらついている。

蟹五郎は猿のような面相をした男で、皺が多く、それが煙管（キセル）の紫煙をくゆらせな

がら座員たちをぎろりと見廻し、

「今宵の夜働きでよ、烏天狗は江戸から姿を消すぜ。一応は解散ということだな。小屋は人手に渡して、おれぁ来年の夏までけえってこねえ。盗っ人の足を洗いてえ奴はそうしてくれて構わねえぞ。おめえらにゃわからねえだろうが、人の世は一期一会だとおれぁ思ってるんだ。またおれの下で働きてえと思う奴は、来年の七月の晦日、本所の五百羅漢寺でやる大施餓鬼の供養に集まるがいい。そこでおれぁ旅の垢を落として、再び烏天狗様が江戸の闇に跋扈するってえ段取りよ。まっ、好きにしてくれ」

これはまさに瓢簞から駒が出たわけで、どこの親分も烏天狗一味を見つけられなかったというのに、その一座に偶然目をつけたあの市松の大手柄なのである。

「さあて、そこで今宵の夜働きだが、聖天町に白粉紅粉問屋の真砂屋ってえ店がある。そこの亭主ってな、若えくせしてたっぷり銭を稼ぎやがって、いい暮らしをしている。女房のほかに妾を三人も囲っててよ、おれぁそいつが気に食わねえ。だから今宵の夜働きは天誅のつもりでやるんだ。おめえらも最後の奉公だと思って存分にやれ。ちょっとでも歯向かってきた奴は叩っ斬っても構わねえぞ。若え女中が多いから手込めにしてもいい。よりどりみどりってえやつよ」

座員たちがげらげらと下卑た笑い声を上げた。

「それじゃ、行くとするかい」

蟹五郎がすっくと立ち、腰に長脇差をぶち込むと、壁に架けた烏天狗の面を取って小脇に抱えた。

その時、舞台の方からごとっ、と人の動く物音がした。

とたんに蟹五郎が鋭い反応をし、座員の若いのへ目顔でうながした。その若いのが舞台の方へ去り、残った者たちが息を殺して聞き耳を立てる。

すると「うっ」と座員の呻き声が聞こえ、どさっと倒れる音がした。

「誰なんだ」

蟹五郎がどすの利いた声でつぶやき、全員が一斉に長脇差を抜いた。そのまま油断なく舞台へ向かう。

舞台は真っ暗だったが、莚の隙間から一条の月光が差し込み、そこに立つ長身の男の影を照らしていた。

その足許で、若い座員が気絶して倒れている。

役人ではないようなので、蟹五郎は束の間安堵しつつ、

「てめえ、誰だ。浪人のようだが、何しにきやがった」

凄んだ。

小次郎がすっと前へ出て、面貌を晒した。

「首魁はおまえか」

蟹五郎を見据え、失望の色になる。この男の背格好は違う。お咲を斬り殺したのはもっと長身であった。それに言葉遣いが武家の者ではない。

蟹五郎と四人が殺気立ち、小次郎を取り囲んで白刃が並んだ。

小次郎がそれらを睥睨し、静かに抜刀して刀の峰を返し、身構えた。

座員の二人が同時に斬りつけてきた。

小次郎の大刀がすばやく閃く。

つづけざまに肉を打つ音が響き、二人がもんどり打って倒れ、打撃された痛みに転げ廻った。

次に小次郎はみずから突進し、残る座員の二人を手練の早業で叩きのめした。

やはりその二人も激痛に転げ廻る。

「かあっ」

悲鳴のような声を上げ、蟹五郎が身をひるがえして逃げ去った。

すかさず小次郎が追い、小屋の裏手の雑木林で蟹五郎に追いついた。

背後から蹴り倒し、蟹五郎の胸板にぴたっと大刀を押し当てる。

「ひいっ、命ばかりは」

蟹五郎が必死で命乞いする。どすの利いた声ではなく、それはなぜか甲高い。

「おまえ、神田竪大工町の家へ押し込みをかけたか」

「い、いってえなんの話だ。おれぁ神田なんかで仕事をしたこたねえ」

「では小狐丸という刀の名は」

「知らねえ、聞いたこともねえ。それよりおれを見逃してくれよ。金なら座長部屋の床下に三百両がとこある。そいつをみんなくれてやるから勘弁してくれねえか」

小次郎は何も言わず、刀を鞘に納めるところへ、数人の人影が小屋の裏から出てきた。

三郎三を先頭に、若い下っ引きたちが五人の座員をしょっ引いている。

「旦那、白状しやしたか」

意気込む三郎三に、小次郎はかぶりをふって、

「石田の家を襲ったのは、この男の偽者だったようだ」

三郎三ががっくりして、

「なんでえ……けどこいつぁ本物の鳥天狗なんですね」

「間違いあるまい。座長部屋の床下に大枚が眠っているそうだ」

そう言い捨て、小次郎は風のように消え去った。

市松がにこにことして三郎三にすり寄り、鼻糞をほじくりながら、

「親分、大手柄でしたね」

「よせよ、大手柄はおめえじゃねえか」

「そうです、あたしなんです。あたしあっての親分なんです。これまでもそうでした」

「なんだと」

「いえいえ、でもね、これは親分の手柄にしていいですよ」

「本当か」

「こうして恩を売っとけばいいことがあるでしょう」

「あるさ、もちろん。湯屋へ行って背中を流してやるぜ」

とたんに市松が悪い顔になった。

「こういうのって、よくねえや」

「なんだ?」

「こういうことが積もり積もると、ろくなことがねえ。おいらを粗末にした奴は、

みんな地獄へ真っ逆様に……」

「おい、何ぶつくさ言ってやがる、とっとこの野郎をふん縛れよ」

三郎三が市松の尻を蹴っとばした。

十六

「きゃっ」

不意の闖入者に、光子が悲鳴を上げた。

しかしその口はすばやく小次郎の手で塞がれ、白絹の夜着姿の光子は烈しく抗って身悶えた。夜着の裾が乱れ、白い脚が剝き出される。

そこは大聖寺藩の御殿で、光子の寝所である。

そこへ小次郎が、いきなり寝ている光子の夜具のなかへ忍び込んできたのだ。

「声を立てるな、立てればどうなるかわかるな」

「………」

光子が懸命にうなずく。

小次郎が手を放し、

「烏天狗を捕えたぞ」

「ええっ……して、どうでありましたか」

小次郎に協力するかのように、光子は声を落としている。

「奴の仕業ではなかった。別人が烏天狗になりすまし、面をつけておれを襲ったのだ。そして無残にもお咲の命を奪った」

「別人とは……」

「見当はついている」

「何者ですか、それは」

「その前に確かめたいことがある」

間近に小次郎の顔があり、しかも夜具のなかで抱き竦められているから、光子は会話どころか躰が妙に火照(ほて)って困っている。女の芯の部分に何やら炎を感じる。命の危険がないことはわかっているが、身の危険は十分にあった。いや、これが果たして身の危険だろうか。甘美な陶酔が近づいているような気もする。

(あっ、なんと……これはどうしたことでしょう……)

躰だけでなく、乙女心も疼(うず)いた。

それにしても、端正で彫りの深い小次郎の顔をつくづく見ると、思わずうっとりとしてしまう。しだいに彼が、四十七士にも見えてきた。

刺激のない、無味乾燥な御殿暮らしのなかで、こんな出来事は生まれて初めてだった。

「事情に明るい側近の者はいるか」

小次郎の息が耳にかかり、光子は夢見るような顔でうなずいた。

「ではその者をここへ呼び、梅子殿へ小狐丸が渡った経緯を聞き出してくれ」

「よ、よもやこのままでは？」

光子がわれに返ったように胸許を掻き合わせた。

「そうはいかん。騒ぎはご免だ」

小次郎が夜具を出て、衝立（ついたて）の陰に身を隠した。

そのぬくもりがなくなり、急に寂しくなったが、光子も夜具を出て小鈴を鳴らした。

ややあって旗江がやってきた。

「姫様、どうなされましたか。どこかお躰のお具合でも」

「ひとつことが気になりだし、眠れなくなったのじゃ」

「はい」

「小狐丸をどのようにして手に入れたのか、わらわが聞いても梅子は答えてくれぬ。その方、何か聞き及んでおらぬか」

「そのことでござりまするか……」

旗江が困惑する。

「耳にしたことあらば申せ」

「……」

「これ、旗江」

「は、はい……実は姫様にはお伝えせぬ方がよいと思うておりましたが、では申し上げましょう」

「うむ」

「小狐丸を見つけ出したのは、成宮寛吾様なのだそうです」

「なに、成宮が」

「それを成宮様から差し出され、梅子様は大変お喜びになられ、成宮様に五十石のご加増をお約束なされたとか」

「成宮は小狐丸をどこから入手したのじゃ」

「さあ、そこまでは……いずれに致しましても、この件は成宮様に出し抜かれてしまい、姫様はさぞお悔しいこととお察ししましたので、それでお伝えせぬ方がよいと」

「相わかった。退がってよいぞ」

「はい」

旗江が立ち去るのを見澄まし、光子は胸をときめかせて衝立の陰を覗き込んだ。

障子が少し開いていて、すでにそこに小次郎の姿はなかった。

「まあ……」

拍子抜けして、それどころか光子はなぜかがっくり気落ちした。

十七

烈しい雨が降っていた。

昼なのに暗雲たなびき、横殴りの雨が降っている。

そこは人けのない藪陰（やぶかげ）の道で、成宮寛吾が傘を差してやってきた。

雨泥を避けながらきて、傘に落ちる雨音がほかでもするので、成宮がぎらっとした目を上げた。

すぐ近くに、やはり傘を差した小次郎が幽鬼然として立っていた。

「貴様っ」

成宮が吠えた。

小次郎の口許には皮肉な笑みだ。

「何用で参った」

「なんの用か、申すまでもあるまい。お咲の仇討だ」

「ふん、何をほざくかと思えば。貴様、頭がおかしいのではないのか。世迷い言につき合っている暇はない」

「頭がおかしいのはおまえの方であろう。おまえは狂っている。五十石の加増が嬉しかったたか」

「そこを退けい。市井無頼に用はない」

強引に行きかける成宮の傘を、おのれの傘をぱっと投げやり、小次郎が抜く手も見せずに抜刀して切り裂いた。

成宮がざざっと退り、破れ傘を放って、

「おのれ……」

ずぶ濡れになりながら、成宮も刀を抜き合わせた。その面上に、沸々と冷たい怒りをみなぎらせている。

「世間を騒がせし盗っ人の名を借り、小狐丸を奪い取ったる罪、そして罪のない小娘を葬り去りし罪、断じて許せぬ」

小次郎が決めつけた。

「その方ごときに断罪されるいわれはない。笑わせるな。仇討呼ばわり致すなら、返り討ちにしてやろうぞ」

「どちらかな、最後に笑うのは」

「うぬっ」

剣先と剣先が波乱を含んで対峙(たいじ)した。

雨がさらに烈しくなった。

やがて双方の刀がゆっくりと動き、小次郎は下段に、成宮は右八双(みぎはっそう)に構え立った。

そこで睨み合い、暫しの時が流れた。

成宮の顔面を雨がしとどに滴(したた)り落ちているが、それには大量の汗も混ざっていた。凍えるほど寒いそのなかで、彼は異常に発汗しているのだ。それは罪悪の汗なのか、あるいは死を予感した焦りなのか、わからない。

「とおっ」

左足を大きく一歩踏み出し、成宮が全力で刀を唸らせたが、それは空を切っただけで空しく流れ、さらにしゃにむに刀を二閃、三閃させた。だがいずれも小次郎には届かず、成宮はいたずらに体力を消耗させた。その頃には彼は肩で烈しく喘ぐようになった。

「身を捨てても、心は捨てぬことだ」

冷静な小次郎の声だ。

「貴様……おのれい……貴様はいったい何者なのだ」

「おれの正体が知りたいか。しからば披露してやろう」

小次郎が白刃を横にし、顎の所で成宮に刀身を見せた。

鍔の近くに十六弁八重菊、すなわち菊の御紋章が刻まれてあった。桐や葵が権力の代名詞とするなら、菊はその象徴なのだ。

小次郎の白刃を雨が伝い落ちる。

「ううっ」

驚愕の呻き声を上げた成宮が、さすがに怖れおののき、刀を放ってその場にひれ伏した。

「麿は正親町高熙、秀宮親王である」

威厳とした気品と共に、小次郎が凜として名乗った。

「こ、こ、これは知らぬこととは申せ、ご無礼仕った。平にご容赦を願いたい」

「ならぬ」

成宮がかっとして顔を上げる。

「先にも申したように、その方の罪業だけは赦すわけには参らぬ」

「……」

「詫びる気があるなら、麿の目の前で腹を切れ」

「腹を……」

「切らねばその方の士道も廃るぞ」

「……」

「さあ、潔く致せ」

「……」

「どうした。命が惜しゅうなったか」

「……」

成宮の手がそろりと伸びて、落ちた刀を取った。

しかしその表情は忸怩としながらも、暗い情念に満ちていた。ここまでのし上がったわが身が可愛くてならなかった。

「貴殿のような雲上人には到底わかりますまい。下級から這い上がってきたわたしのような者には、栄達がすべてなのでござる」

「だから、どうした。だから名もない娘を斬り殺してもよいのか。小狐丸を手に入れるためなら、たとえ何人(なんにん)の血の雨を降らしてもよいと思うていたのか」

「下人の命など取るに足らぬ。貴様ら公家ごときに何がわかる。武門はこの世の頂上にあるのだぞ。それを知るがよい」

成宮が牙を剝いて斬りかかった。

小次郎が一瞬身を引き、鍔鳴(つばな)りと共にその刀が成宮の脳天を打った。

洪水のような血が毒々しく噴き出した。

それをたちまち雨が洗い流す。

「くっ、くうっ……」

成宮が呻いて雨泥のなかに倒れ伏し、虚空をつかみながら烈しく痙攣(けいれん)していたが、やがてこと切れた。

傘を拾って差し、小次郎が無残な表情で立ち去った。

ぴかっ。

冬の稲妻が天空を真っ二つにした。

十八

そして数日後である。

朝の化粧を終えた光子が、何やら浮き立った様子で外出の支度をしていた。支度といっても光子は突っ立ったままで何もやらず、旗江を始め、何人かの付女中がその周りに群がり、着付けをしている。

いつものことながら、姫ゆえにすべて人任せなのである。

「気が急いてならぬ、早う致せ」

叱っているのではなく、光子の口調には甘えがあった。

「姫様、そう申されましても……予定外のにわかなご外出、われらと致しましても……」

旗江たちは焦っている。

「皆の者、無理を申してすまぬな」

そんなことを言ったことのない光子だったから、旗江たちは謝意を表す光子を一瞬驚きで見た。

「何を仰せになられまする」

そうは言ったものの、

(姫様はお変わりになられた)

旗江はそう思ったものである。

手が止まってしまったので、女たちは急いで着付けに戻った。

そこへ家士が廊下からきて畏まり、

「姫、梅子様がお出でになられました」

と言った。

それを聞いた光子が驚き、旗江たちと見交わして、

「梅子がここへ……何事であろう」

着付けを中断し、旗江たちを退らせ、光子は上座で梅子を待った。

やがて梅子が静々と現れた。

「光子、今日はそなたに詫びを申しに参ったぞ」

向き合うなり、梅子が言った。

「詫びとは、いったい……」

光子が怪訝顔(けげんがお)を向ける。

「よっく聞くのじゃ」

一つ上の梅子が姉のような口調で、

「こたびのこと、すべてわらわに落ち度がある。そなたの耳にはまだ入っておらぬと思うが、当家の成宮寛吾はある者に討ち果たされました」

「ええっ」

光子は驚愕の表情だ。

「そのある者とは、牙小次郎のことじゃ」

「まあ」

「牙がわらわに目通りを願い、成宮の罪業を明かした上で斬り捨てしこと、堂々と言上しに参ったのじゃ」

「そ、それでなんとした。牙殿に手出しを致したのか」

光子が気色ばんだ。

「いいや、あまりにも立派なその姿に圧倒され、わらわは何も言えなんだ。それどころかわれ知らず、家臣の不始末をあの者に詫びていた」

「それは、なんとも……」

「成宮は小狐丸を奪わんがため、牙の許へ押し入って下女を手に掛けた。そのこと、知らなかったとは申せ、わらわは恥ずかしゅうてならなんだ。小狐丸は無事に本家へ戻ったものの、そのため人一人の命が……わらわは牙に人の道を説かれ、感じ入ってしもうた。そうしてそなたにも……」

「わらわにも？」

「そなたに先んじて小狐丸を手にはしたが、成宮の強硬な手段を思えば、なんとも後味が悪く、このこと忘れて貰いたいと、こうして詫びに参ったしだいじゃ」

「梅子、よくそこに気づかれたな」

「ひとえにわらわが暗愚であった」

「いいえ、それはわらわもおなじこと。そなたとおなじように、牙殿に教えられたわ。思うにわれら、世間知らずよのう」

「そう申してくれると、わらわの気持ちも救われるぞ」

「なんの。今までは、たがいにつまらぬ意地を張っておりましたな」

「うむ」

「これよりおなじ血族同士、共に手を結ぼうではないか」

「おお、そなた、打ち解けてくれるのか」

「それにつけても牙と申す男、何者であろうか。あの身に具わった気品、雅（みやび）な立ち居ふるまい、とても尋常な者とは思えぬ」

「同感じゃな。実はわらわはこれより牙殿の許へ参ろうと思うていたのじゃ」

「光子、一緒に行っても構わぬか」

「二人だけで会うつもりであったが、よろしい、受け容れましょう。共にうち揃うて、牙殿に目通り願おうではないか」

「むろんじゃ」

「すまぬ、光子」

二人は思わず手に手を取り合っていた。

十九

石田の家の前に竹菱金鋲青漆、紅網代総蒔絵の美麗な女乗物が二挺停められ、大聖寺藩と富山藩両家の供揃えがずらっと待機し、それは派手やかで壮麗な光景に、道行く人が驚いて歩を止め、あるいはおののくようにして見守っている。

小夏は居室に閉じ籠（こ）もったきり、頭を抱えていた。

離れに陣取っている姫君二人の顔は、もう見たくなかった。

さりとて帰ってくれとも言えず、粗相がないように女中たちに茶菓子は出させたものの、小夏は最初だけ挨拶をし、すぐにここへ引っ込んでしまったのだ。

それに初めの頃と違い、姫君は二人とも態度を軟化させ、やけに小夏に気を遣ってやさしいのである。そのやさしさのなかに小次郎に対する興味が見え隠れしていることがわかったから、それが小夏には気に入らない。

特に光子の方は、小夏と小次郎の関係を探るようなところが垣間見え、女の感情にさざ波の立つ思いがした。

光子も梅子も共に身勝手でわがままで、常に一方的なので、小夏としては、

(おなじ女として、あんな手合いはご免蒙りたい)

のである。

早く帰ってくれないかしらと、出るのは溜息ばかりだ。

そこへすうっと唐紙が開き、案内も乞わずに大聖寺藩江戸家老の七尾左久馬が入ってきた。光子に随行してきていたのだ。

「ま、まあ、ご家老様」

長火鉢の前で頰杖を突いていた小夏が、慌てて居住まいを正した。

「ああ、よいよい。そのまま、そのまま。気遣いは無用であるぞ」

老齢で苦労人らしい七尾が、鷹揚な笑みで勝手に座布団を敷き、小夏の前へどっかと座ると、

「女将、こたびはその方にも大層迷惑をかけたの」

「あ、いえ、そんなことはちっとも構やしませんよ」

心にもないことを言う。

「両君（きみ）とも昔からこの通りでな、梅子様の方はいざ知らず、わしは光子様に仕えて一生気苦労のし通しであった」

「はあ」

この人はなんでそんなことをこのあたしに言うのかしらと、不審に思いながらも、小夏は七尾の話に興味をそそられた。

「しかし姫君の腹には何もない、あろうはずもない。おのれの思うたことを一直線にやるだけなのじゃ。まるで幼な子と変わらんのであるよ」

「へえ」

「まあ、おなじ人として生まれ、これほど幸せなことはないのう。君主や姫君などと申す方々は生まれ落ちての果報者。駕籠に乗る人担ぐ人、そのまた草鞋（わらじ）を作る人

の世のたとえじゃよ」

「あのう、ご家老様。あたしごときに何を仰せになりたいのか、よくわかりません
けど」

　小夏の言葉に、七尾は失笑して、

「いや、まあその、妙に思うやも知れぬが、わしはこたびのこと、大変喜ばしいこ
とであると」

「えっ、喜ばしいですって」

「正直に申すなら、牙小次郎殿に感謝したいくらいなのじゃ」

「うちの旦那に感謝を」

「左様、牙殿のお蔭で姫君はとても変わられた。少し大人になられた。ゆえに牙殿
と小狐丸に感謝なのじゃよ」

「はあ、小狐丸にもですか」

「そうじゃ」

　それにしてもと、七尾は辺りを見廻すようにして、

「牙殿はどこへ参られたのじゃな。ちと帰りが遅いようじゃが」

「は、はい、あたしも気を揉んじゃいるんですけど、どこ行っちまったのか……あ

の旦那のことですから、いつも糸の切れた凧みたいにぶらりとどっかへ……困っちまいますよねえ」

小次郎さえ帰ってくれれば姫君たちもいなくなると思うから、小夏としても早く戻ってきて貰いたいものの、本当に行く先は知らないのだった。

「女将、これは些少ではあるが」

そう言い、七尾がおもむろにふところから分厚い金包みを取り出し、小夏の前に差しやった。

「へっ？　なんですの、これ」

「まっ、有体に申さば、本家の不心得者に斬られた下女の命の代金じゃよ。こんなものではとても済まぬと思うが、女将より遺族に渡してやってくれぬか。大聖寺、富山の両家で出し合うたのじゃ。こたびのこと、真に相すまぬ」

七尾が小夏に深々と頭を下げた。

困惑と戸惑いで、小夏は金包みを取ったり置いたりしている。

二十

お咲の墓前に額(ぬか)ずく仁吉の背後に、すっと小次郎が立った。

気配にふり向いた仁吉が、一瞬表情を強張らせる。

「お咲の仇を討ったぞ」

「へっ?……」

それ以上何も言わず、小次郎は仁吉の横に並んでしゃがみ、墓前へ線香をたむけた。瞑目(めいもく)し、神妙に拝む。

そばでその様子を見ていた仁吉が、ふうっと大きな息を吐いて、

「お咲はもう成仏したと思いやすぜ」

「そうかな」

「元々、いつまでも恨みを残すような子じゃなかったんだ。さっぱりした気性の子でしたからね、身の不運は諦めて、きっとあの世へ旅立ちやしたよ」

「しかしよい子であった。おれはお咲が好きであった」

「へえ、そう言って頂けると……初めにお会いした時に、旦那にはひでえこと言っ

ちまって申し訳ねえ」

「何を言う、あの時は父親なら当然だ」

　そこで小次郎は表情を和ませ、

「おまえはまだ若いのだ。やり直したらどうだ」

「そうですね、仰せんなられるよりめえにそのことは考えておりやしたよ。そうでもしなけりゃやってらんねえや」

「うむ、その意気だ」

　小次郎が酒に誘うと仁吉は嬉しそうな顔になり、お供致しやすと素直に言った。

　そうして風に吹かれて、二人の男は墓地をあとにした。

　頬に当たる風は冷たく、梅や鶯はまだなのである。

第二話　偽証の行方

一

宝くじのことを昔は富くじといい、特に江戸の中期頃からは大変な人気を博したものである。

その歴史はかなり旧く、事の起こりは元禄十二年（一六九九）よりと伝えられており、元はといえば無尽講（むじんこう）、頼母子講（たのもしこう）が変遷したものであるらしい。

賞金に目の眩んだ衆生（しゅじょう）があまりに狂奔するので、お上は何度もこれを取り締まって富くじを禁じてはいる。それならばと、興行する側も知恵を働かせ、富くじの名を使わずに福引き、福富、大黒講（だいこくこう）、大黒突き、天狗憑子（てんぐひょうし）などと異名をつけ、同工異曲をやりだす。それはもう鼬（いたち）ごっこで、雨後の筍（たけのこ）の如くである。

これではいくら禁じても意味がないから、お上の方も根負けし、許可せざるを得なくなった。そうして神社仏閣で公然と行われるようになり、富くじの名もめでたく復興した。

但し、富くじの一番賞金から二割を差し引くこととし、それを開催する寺社の堂宇修繕の費用に充てる、という大義名分つきである。

江戸で名高いのは谷中感応寺、湯島天神、目黒不動の三カ所で、これを三富と呼び、月に一度の開催日には、富札を手にした群衆が鯨波を挙げて押し寄せた。

その三富以外にも、江戸の各所で無数に富くじ興行が行われ、そういう公許でない少しいかがわしいものは影富と称せられた。

湯島天神は今と違い、この頃は二千五百九十三坪余の大きな社領で支配は町奉行所である。敷地が広いから料理屋、甘味処、貸座敷の家などが何軒も入っていて、境内には男坂、女坂という名高い坂まである。

その日、小夏は一人で湯島天神に遊び、男坂の下にある宝珠弁財天に拝み、拝殿横の札売場で富札を二枚買い求めた。一枚が二朱だから、決して安くはない。

富札は厚紙でできており、縦が五寸（約十五センチ）、横が三寸（約九センチ）の長方形である。そして表に番号を一行で記し、また両端には世話人数人の割印を赤、黒、青の三色で捺してある。裏には世話人一人の名印も捺してある。割印は興行ごとに変更する決まりで、これは富くじ贋造の弊を防ぐためなのだ。また富くじ興行を所管するのは、寺社がらみゆえに、寺社奉行所である。

そうして購入した二枚を大事に帯の間に挟み込み、小夏は軽やかに湯島天神を後にした。

空はこよなく晴れて、春がきたかと思わせるような日和であった。

二

石田の家へ帰ってくるなり、小夏は離れへ直行し、肘を枕にごろりと横になった牙小次郎の前にぺたんと座った。急いできたから、少し息を乱している。

「旦那、これ」

帯の間から二枚の富札を取り出し、

「どっちにしますか」

にこにこ顔で聞いてみた。

小次郎がむっくり半身を起こし、二枚を手にする。

「これが富札というものか。初めて見るぞ」

「初めての人って、わりと当たるらしいんですよ。旦那のことだからきっとご存知ないと思いましてね、それで買ってきたんです」

「なるほど。当たるとよいな」

小次郎にしては月並なことを言う。

「いいですか、つづき番号ですからね。運命の分かれ道ですよ」

そう言うや、大仰な声で番号を読み上げ、

「鶴の二千三百六十番、えー、それと、鶴の二千三百六十一番。さあ、どっちだ」

おどけてみせた。

小次郎が無造作にひょいと一枚を取る。

「あ、それは」

「なんだ」

「こっちにして下さい」

小夏が迷いながら取り替えてくれという。

小次郎はどっちでもいいから、すぐに交換した。

「どうしますか、当たったら。なんせ六百両ですからね。人が変わっちまうかも知れませんよ」

「考えもつかんな」

「あたしはですね、まずこの家を建て替えますね。間口をもっと広くしたいんです。それに庭木も今より増やしますね」

「では桜の木を植えてくれぬか」

「いいですとも」

小夏が胸を叩く。

「それからどうする」

「旦那にたっぷりご馳走しますよ。ううん、みんなを引き連れて、一流の料理屋へ上がって大盤ぶるまいですね。あ、そうそう、それと隣り近所にもお裾分けしないと。あっ、待って下さいよ、六百両もあるんだから家をもう二、三軒買えるのよねえ……」

小夏の捕らぬ狸(たぬき)の皮算用に、小次郎は意味もなく笑っている。

そこへ岡っ引きの三郎三が、渡り廊下からやってきた。

「こりゃ、女将さん」

小夏へ会釈をすると、浮かぬ顔で、

「旦那、お手透きでござんすかい」

「何かあったのか」

「へえ、ちょいと……」

三郎三の様子を察した小夏が、

「それじゃごゆっくり、親分」

と言って、ひらりと出て行った。こういうところは、目から鼻に抜ける女なのである。

「どうした、三郎三」

「実はこのところ、神田川沿いに屯(たむろ)している物乞いたちが、わけもわからずに袋叩きにされてやしてね、ちょいと物騒なんですよ」

「どんな奴らの仕業なのだ」

「物乞いたちが言うには、三人組の若え連中だとか。刃物は出さねえからいいようなものの、棒切れで情け容赦なく殴りつけるようなんで。そのうち死人でも出た日にゃ目も当てられやせんからね。物乞いといえども、そんな死なせ方をしたんじゃ可哀相じゃありやせんか」

「神田川のどの辺りだ」

「柳原土手一帯なんですが、なんせ神田から浅草までべら棒ですからね。とてつもねえ広さなんで、あっしらだけじゃ手が廻らねえんでさ」

助っ人をお願いしやすと、頭を下げた。

三

夜も更けて、和泉橋近くの柳原土手は不気味に静まり返っていた。

寒気が厳しく、さしもの夜鷹姫たちの姿もなく、聞こえるのは滔々と流れる神田川の川音だけである。

菰を頭から被った物乞いが一人、河原に寝ていた。

石くれを踏み、それへ三つの黒い影がじりっと近づいてきた。

いずれも頬被りをしているが、そこから覗く面相はまだ未熟で、十代の若者たちだ。それぞれが手に手に棒切れを持っている。吉六十八歳、長次十七歳、清吉十四歳である。

吉六が頭目らしく、腕まくりをして他の二人にやれとうながした。

そうして吉六と長次は、棒切れをふり上げて物乞いに向かおうとしたが、清吉は足が竦んで動けなくなった。

「おい、何してやがる。今日のおめえはおかしいぞ。怖気づいたのかよ」

吉六が叱責すると、清吉は泣きっ面に近い顔で、

「け、けどよお、おれぁ……」

尻込みしている。

「こんな奴は放っとけ。男度胸を見せてやろうじゃねえか」

長次が先んじて、物乞いに棒で殴りかかった。するとそれより早く、菰の下から六尺棒がぐいと突き出され、長次の足を払った。

「うわっ」

不意を食らった長次がひっくり返って尻餅をつく。

菰をはね上げ、小次郎が立ち上がった。

思わぬ侍の姿に、三人がぎょっとなって立ち尽くした。

「おまえたち、物乞いを痛めつけて面白いか。なんのためにそんな悪さをする」

小次郎が六尺棒を構えて言い放った。

「畜生、こいつぁ罠だ、逃げろ」

吉六が叫び、長次と清吉が逃げかかった。

小次郎が猛然と身を躍らせ、三人を六尺棒で容赦なく叩きのめす。悪童たちが悲鳴や呻き声を上げ、次々にその場にへたり込んだ。

和泉橋の向こうから、三郎三と下っ引きの市松が駆けてきた。

「旦那、やってくれやしたね。有難うござんす」

二人が吉六と長次に縄を打つ。

次いで市松が清吉を組み敷くと、小次郎がそれに待ったをかけた。

「その坊主は縄を打つまでもないぞ」

小次郎が清吉の顔を覗き込んだ。

十四歳の清吉はあまりに幼く、その顔はつるんとした童顔で、縄付きにするには忍び難かったからだ。

「こいつだけおれが引き取る。ほかの二人は連れて行け」

「旦那、そいつぁちょっと……一蓮托生(いちれんたくしょう)じゃねえんですかい」

三郎三が異論を唱えるが、小次郎は聞く耳持たず、手荒に清吉をうながした。

四

湯島切通町は夜の闇に沈んでいたが、一軒だけぽつんと明りの灯った家があった。

そこは生薬商いの「無尽屋」という店だが、店というほどのことはなく、入ってすぐの土間に板敷があり、壁に申し訳程度の薬味簞笥が並んでいる。それで生薬屋らしき体裁は整えているものの、全体から見てなんとも貧相である。部屋も三間ほどで、壁も煤けて黒く、この古びて小さな家は今にも傾きそうだ。

そしてやはり申し訳程度の帳場のなかで、女主のお熊が赤々と燃える火鉢のそばで薬研を挽いていた。

お熊は色黒でごつごつとした顔つきをしており、首が太く、肉づきのいい体格はまるで男のようだ。およそ女の色香とは縁遠く、三十半ばなのにもっと老けて見えた。髪には白いものさえ混ざっているのだ。

いきなり腰高障子が開けられ、小次郎が清吉を引っ立てて入ってきた。

ぎろりと目を上げたお熊が、たちまち暗い表情になった。

(また伜が何かやらかした)

顔色にそう出ている。

急いで帳場を出て板敷に座り、お熊は小次郎に向かって神妙に叩頭した。

小次郎は清吉を放って上がり框にかけると、

「おまえの伜だな」

「へえ」

お熊は声まで男のように野太い。

「清吉がとんでもないことを仕出かした。仲間の吉六、長次というのを知っているか」

「伜の遊び仲間の、悪たれでございます」

座敷へ上がり、ふてくされたようにこっちへ背を向けている清吉に、お熊は怕い目を据えて、

「こら、今度は何をやらかしたんだ、清吉。こんな刻限までどこにいた」

清吉は何も言わない。

「お武家様はどちら様で」

「おれは竪大工町の纏屋に住む牙小次郎という者だ」

「へえ、その纏屋さんなら知っております」

「柳原土手で物乞いが袋叩きにされる事件があり、紺屋町の三郎三という岡っ引きの頼みでおれは下手人を待ち受けていた。そうしたらやってきたのが清吉たち三人であった。吉六と長次は大番屋送りにしたが、おまえの伜はまだ子供なのでおれの一存で引き取ってきたのだ」

「それはまた……お情けをおかけ頂いて」

小次郎へ恐縮しておき、ちょっとお待ち下さいと言うと、お熊は憤然と立って行き、清吉の頭を拳骨でぽかぽかと殴り始めた。

「この馬鹿たれが。なんだってそんなことをやらかす。どうしておまえは」

のしかかるようにし、殴りつづける。

清吉が突っぱねて抗うが、お熊の方が力は強い。

それで清吉は膝で這って逃げ出し、

「やめろ、もうわかったからやめろ」

「わかってねえ。悪さばかりして。おまえは何を考えてるんだ」

殴るだけで足りず、お熊は裾をまくって清吉の腹をどすどすと蹴りまくった。

清吉が音を上げ、叫びながら奥の部屋へ逃げ込んだ。踏み込まれないよう、なかで唐紙を押さえているのがわかる。

お熊は興奮が醒めやらず、荒い息遣いのままで佇立している。

さしもの小次郎も、この荒っぽい母親を啞然とした思いで見ていた。

やがてお熊はばつの悪いような顔で小次郎に会釈し、帳場へ行って茶を淹れて持ってくると、

「よくぞ伜を……有難うございました」

小次郎へ茶を差し出し、改めてお上へ突き出さなかった礼を言う。

「吉六と長次は悪ずれのした顔をしていたから、これは灸を据えねばならんと思った。しかし清吉はあの通り、悪に染まっているようには見えなかった」

「へえ」

お熊は深い溜息を吐くと、

「うちの子だけは違うんです、うちの子に限ってそんなことは――あたしはそういう言い方はしません」

小次郎が目を開いた。

「清吉も十分に悪いんです。吉六、長次と変わりませんよ。これまでにも三人はろくなことしてきちゃおりません。けど一番よくないのは親のあたしなんです。仕事

にかまけてあの子から目を離してたんですから」

「亭主はいないのか」

「へえ、十年前におっ死んだんです。清吉が四つの時でしたから、あの子も憶えているると思います。今でも父親を心のなかで慕っていて、あたしに反撥ばかりするんです。でもほかに行く所もないし、寄る辺もないんで、この家にしがみついていて、毎日あたしと喧嘩です」

「……」

「こっちは食っていくのに精一杯ですんで、時々あの子が面倒になります。薬種を仕入れてここで調合して、昼の間あたしはそれを売り歩いております。うちの人が生きてた頃はまだましな店でしたが、女手ひとつでやるとなるとひと苦労ふた苦労です。お察し下さいまし」

お熊は朴訥でひたむきで、何かを訴えて迫るような気魄がある。不出来な伜のことで悩み、闘っている母親とわかり、小次郎はこれは下駄を預けてもよいと思った。

それで無尽屋を辞去した。

戸口で何度も頭を下げて見送るお熊に、小次郎は息苦しくなるほどの情の濃さを感じていた。

五

おなじ夜のことである。

牛込御門近くの神楽坂にあるその家で、寝巻姿の白髪の老婆が布団の上で仰向けになって死んでいた。

老婆の枕許には盆に載せた銚子と盃がひと組あり、酒は一滴も残っていない。彼女にとってそれは末期の水だったようだ。

骸を検屍しているのは、南の定廻り同心田ノ内伊織で、そばにもう一人、奉行所差し廻しの老医師が立ち合っていた。

家のなかには、ほかに奉行所小者らがうごめいている。

田ノ内は鶴のように痩せた老人で、頭髪がほとんどなくなり、申し訳のように細い髷を結っている。

「どうじゃな、見立てを聞かせてくれ」

田ノ内が老医師に意見を求めた。

老医師は明らかに扼殺痕のある、老婆の青黒い首筋を調べながら、

「これは勒死であることは歴然としておる。正面から首を絞めて殺したのじゃな。仏さんは小柄な婆さんだから、男でも女でも造作もなく絞められよう」

「ふむ」

田ノ内が家のなかを見廻す。

老婆に同居人はないらしく、乱雑さはなくて、きちんと片づけられている。

そこへ三郎三が、職人風の中年男をしたがえて入ってきた。

そもそも三郎三は、田ノ内抱えの岡っ引きなのである。

「旦那、この人が自身番へ知らせてくれた大工の亀助さんでさ」

「おお、大儀であったな」

田ノ内が礼を言うと、大工の亀助は恐縮の体で、

「いえ、とんでもございんせん。あっしぁこの家の隣りの雨傘長屋に住んでおりやして、夜遅くになっていつまでもこの家の灯がついてるんで、変に思ってなかへへえってみたんです。そうしたらこの有様で、びっくり致しやしたよ」

「仏はここに一人住まいなのか」

田ノ内が問うた。

「へえ、身寄りのねえ婆さんで、名めえはお常さんと申しやす。生業は金貸しをし

ておりやした」

金貸しと聞いて、田ノ内と三郎三がうろんげに見交わし合う。

「どんな金貸しだったんだい、亀助さん。鬼か、仏か」

三郎三が聞く。

「こんなこと言っちゃなんですが、お常さんは世間じゃ鬼と言われておりやした。高利貸しですから、そりゃもう取り立てが厳しかったようで、借りた人はみんな音を上げていやしたよ」

「けどこんな婆さんが、一人で取り立てに駆けずり廻ってたのかい」

さらに三郎三だ。

「いいえ、お常さんは滅多に家から出やせんよ。取り立ては穴八幡（あなはちまん）一家の若い衆が任されてたんで」

「穴八幡一家とはなんだ」

田ノ内の問いには、三郎三が答えて、

「牛込一帯を仕切っている香具師（やし）の一家でさ」

「やくざ者か」

「へえ、まあ」

「亀助とやら、金箱の金は手つかずでそっくり残っておったのじゃが、金貸し台帳が見つからん。ふだんはどこにあるか、おまえ知らんか」

「いえ、滅相もねえ。あっしぁこの家へ上がったことはただの一度もねえんで。お常さんとつき合ったりすると、世間から白い目で見られやすからねえ」

「お常は町の嫌われ者だったのか」

「そいつぁ旦那、金貸しの宿命じゃねえんですかい」

これは三郎三だ。

「ふむ」と言い、さらに田ノ内が、

「それと亀助、仏が殺されたのは暮れ六つ（六時）辺りらしいのだが、その刻限に怪しい人影などは見ておらんか」

亀助は首をかしげて、

「暮れ六つならあっしぁまだ御納戸町の普請場におりやしたよ。怪しい奴を見たかどうか、長屋の連中に聞いてみまさあ」

「うむ、頼むぞ」

するると、それまで土間でやりとりを聞いていた市松がすっと上がってきて、突っ立って家のなかを見廻し始めた。

「おい、何やってるんだよ、このうすら馬鹿は」

三郎三が文句を言うと、市松はにやっと笑って、

「あたしの幼馴染みに金貸しの伜がいるんですよ。だからよく知ってるんです」

「何を知ってるんでえ」

三郎左が問い返す。

「金貸しってな、台帳をかならず二冊持ってるもんなんです。表の台帳とは別に、それをそっくり写した裏台帳がきっとあります。殺しに入った奴が表のを持ち去ったとしても、もう一冊、どっかに隠してあるはずなんですよ」

「その見当はつくのか」

「へえ、つかねえことも……」

見廻していた市松の目が、三郎三の所でぴたっと止まった。

「な、なんでえ」

「そこ、どいて下さい」

市松が三郎三を邪険に押しのけ、その手から十手を拝借し、畳の縁へ差し込んだ。

そして畳を押し上げて床板を取り除くと、土の上に一冊の台帳が置いてあった。

それを田ノ内と三郎三が上から覗き込む。

「ほら、ねっ。親分、あたしを使ってると手柄ばかりでしょう」

市松が自慢げに言う。

「やかましい」

三郎三が市松と交替して床下へ下り、台帳を手にしてぱらぱらとなかをめくった。

債務者の所と名がずらっと書き記してあった。

六

翌日のことである。

お熊と清吉が、どちらも仏頂面(ぶっちょうづら)で朝飯を食べていた。

それなら背中を向けて食べればよさそうなものを、二人は向き合ってたがいの視線を避けながら、冷や飯と漬物だけの箱膳の飯を気まずく食べている。

お熊がぼそっと口を切った。

「あたしが出てる間に、薬研を挽いとくんだよ」

「………」

「薬種が沢山あるからね、一日がかりだ。怠けたら承知しないよ」

「わかってるよ」

お熊が先に食べ終え、隣室へ行って行商の支度にかかった。

清吉はまだ食べている。

「おあしが急に入り用な時は、そこの竹筒に幾らか入っている。くだらないものに使うんじゃないよ」

「おっ母さん」

「なんだい」

「おいら、誰の子かな」

清吉が箸を置き、静かな声で言った。

「えっ……」

一瞬、お熊の表情が強張った。

「おっ母さんの子じゃねえような気がするんだ」

「どうしてそう思うんだい」

「……なんとなく」

「わけがあるんだろう」

「嚙み合わねえ」

「なんだって」

「親子なら通じ合うものがあるだろう。それが感じられねえ」

「な、何を馬鹿なこと言ってるんだい」

「吉六は親父としっくりいっていて、そのうち豆腐屋を継ぐと言ってらあ。長次ん所だって、あいつはおっ母さんにしょっちゅう甘えている」

「だから」

「おいら、どうしたわけかおっ母さんに甘える気になれねえ。だから近頃考えるんだ」

「甘えたいんならもっといい子になったらいいんだ。物乞いを襲うなんてふつうじゃないよ」

「あれは度胸試しでやった。それにあいつら汚ねえからむかつくんだ。けどもうやらねえよ」

「もしもあたしが本当のおっ母さんじゃなかったら、どうするんだい」

「そうなのか」

「こっちが聞いてんだよ」

「別に変わりはねえ。どうもしねえよ」

「ふん、どこに本当のおっ母さんがいるってえのさ」

「……」

「それじゃ、行ってくるからね」

お熊が重そうな担ぎ荷を背負い、表土間へ向かった。

その時、腰高障子に人影が差し、

「お熊はいるかい」

三郎三の声がした。

「へえ」

お熊が荷を下ろし、土間へ下りて心張棒を外し、障子を開けた。

三郎三と田ノ内がそこに立っている。

お熊はとっさに清吉を捕えにきたのだと思い、顔を曇らせた。

清吉も座敷で緊張した表情を浮かべている。

「清吉のゆんべのことでお見えんなったんですか」

お熊は板敷に上がり、そこに神妙に畏まって言った。

田ノ内と三郎三は土間へ入ると、

「いや、そうではない。おまえに用があってきたのだ」

田ノ内が言った。

「へっ？　あたしに……」

三郎三が上がり框にかけて、

「ゆんべの物乞いの一件はもういいんだ。吉六と長次はきつく叱った上で、さっき放免したぜ」

「ではあたしにどんなお咎めでございましょう」

お熊の問いに、田ノ内がずいっと前へ出て、

「おまえ、神楽坂に住む金貸しのお常を知っておるな」

「は、はい」

「お常は昨夜殺されたぞ」

「ええっ」

お熊が顔色を変えて仰天した。

田ノ内と三郎三は、すばやくその表情を読んでいる。

「わしらはその下手人を探している」

「へえ」

「お常の残した台帳におまえの名が載っていた。元金五両も借りているではない

か」

「…………」

「そりゃなんの金だ、お熊」

三郎三が問うた。

「へ、へえ……薬種を仕入れるのに金が足りなくなりまして、お常さんから少しずつ借りてるうちに増えちまったんです。そんなわけですので、ずっと利息に追われる生活をつづけておりました」

「穴八幡一家の連中が、厳しく取り立てにきてたらしいじゃねえか」

これも三郎三だ。

「ええ、その通りでございます。ここへくるだけじゃなく、連中はあたしの行く先々にも姿を見せてつきまとうんです」

「それでおまえはしだいに追いつめられ、お常を殺したのではないのか」

田ノ内が目を光らせて詰め寄った。

「とんでもございません、どうしてあたしがお常さんを。決して人殺しなんかしちゃおりません」

お熊が必死で否定する。

清吉が三人の所へずかずかときて、

「おっ母さんはそんなことしてねえよ」

「おめえは引っ込んでろ」

三郎三に言われても、清吉は怯まず、

「冗談じゃねえや、金を借りてるだけでおっ母さんを疑うのかよ」

おっ母さんこっちへこいと、清吉がお熊を無理に奥へ引っ張ろうとする。

お熊は困って、

「いいんだよ、清吉。親分さんの言うようにおまえは引っ込んでおれ」

「だってよ、だって、おっ母あ……」

清吉はひどく取り乱し、泣きっ面だ。

「よし、申し開きは大番屋で聞こう。同道致せ」

田ノ内が言い渡し、三郎三がお熊をうながした。

お熊は二人に囲まれて表へ出ると、そこで清吉にふり返った。

清吉はなす術もなく、言葉を失い、ぺたんと座り込んだままで茫然と見ている。

七

南茅場町(みなみかやばちょう)の大番屋で、さらに詮議はつづけられた。

小部屋に陣取り、田ノ内、三郎三がお熊を訊問している。

「昨夜の暮れ六つ頃、おまえはどこにいた」

田ノ内の問いに、お熊は淀みなく答える。

「その刻限でしたら、湯島三組町(みくみまち)の作兵衛(さくべえ)さんという人を訪ねておりました」

「それはいかなる人物か」

「上野黒門町(くろもんちょう)の尾張(おわり)屋さんという鰹節(かつおぶし)問屋のご隠居さんでして、その家は隠居所なんでございます。作兵衛さんはご老体なんで躰のあっちこっちが言うことをきかなくって、あたしが毎日顔を出してはいろんな生薬をお届けしてるんです」

「で、ゆんべも生薬を渡したのかい」

三郎三が割って入る。

「いえ、それが……いつもは家にいるのに、ゆんべに限って作兵衛さんは留守だったんです。それで仕方なく、帰りました」

「作兵衛には会ってないのか」

　これは田ノ内だ。

「へえ、会ってません」

「ではおまえが三組町にいたという証明はできんではないか」

「そうですねえ……けど本当にそこにいたんですから。お常さんが暮れ六つ頃に殺されたとしたら、三組町にいたあたしが神楽坂にいられる道理がありません」

「うむ、おまえが嘘を言っているのでなければな」

　田ノ内が疑いの目で言うと、お熊は反撥して野太い声を荒らげ、

「旦那、あたしは誓って嘘なんかついちゃおりませんよ」

　その気魄に呑まれ、田ノ内がたじろいだ。彼にはこういう気弱なところがあるのだ。

「それじゃお熊、おめえは湯島で誰かに会ってねえかい」

「誰かにですって」

　お熊が三郎三に険しい目を向ける。

「知り合いにでもばったり会ってたら、おめえがそこにいた証んなるじゃねえか。そうしたら疑いは晴れるんだぜ」

「はあ……」

三郎三の言葉に、お熊は暫し考え込んでいたが、やがてはっとした顔を上げて、

「山形屋の旦那さんに、湯島の天神様の前で会いました」

「そいつぁどこの旦那だい」

三郎三が問うた。

「山形屋さんは本郷三丁目の醤油酢問屋の旦那さんで、あたしはそこにも生薬を売りに行ってるんです。旦那さんには滅多にお会いしませんが、山形屋のお内儀さんがいつもご親切に買ってくれます」

「なんだってそんな刻限に、山形屋は湯島天神にいたのかな」

三郎三が率直に聞く。

「わかりません。その時もう一人お連れさんがいて、それはご立派なお武家様でございました」

「その山形屋とは言葉を交わしたのか」

今度は田ノ内が尋ねた。

「いいえ、あたしがご挨拶をしたら、旦那さんは知らん顔をして……たぶんお連れさんの手前、そうしたんだと思います。山形屋さんはふだんはそんな人じゃなくて、

気さくでおやさしい人なんです」

　田ノ内が三郎三を目顔で呼び、隣室へ行って二人だけになると、

「三郎三、台帳に載っていたほかの借主はどうだ」

「旦那もご承知のように、どれもこれも一分か二分、精々一両止まりで、お熊とおなじように穴八幡一家の催促は受けちゃおりやすが、その程度の金で人殺しをするとは思えねえんです。それと穴八幡の奴らだってお常を殺すとは思えやせん。双方に悶着は起きてねえし、奴らはお常で儲けてたんですからね」

「いかにもじゃな」

「あ、それともう一人、蝦蟇(がま)の油売りで都田団右衛門(みやこだだんえもん)という浪人が、五両二分を借りておりやしたね」

「その者、当たったのか」

　三郎三がちょっと言い淀み、

「い、いえ、そいつがまだなんで……強そうなご浪人なんでどうにもそのう、こちとら苦手でして。詮議は後廻しにしようかと」

「ははは、それは三郎三親分らしくないではないか」

　田ノ内が揶揄して三郎三の肩を叩き、

「よし、その浪人はわしが当たろう」

「そうして頂けると助かりやす」

「三郎三、何はともあれ、おまえは山形屋へ行ってお熊の証言の裏を取って参れ」

「へえ、山形屋もそうですが、湯島三組町の作兵衛ってえご隠居も当たってみやすよ。それで山形屋も作兵衛も、すべてお熊の言う通りだとしたら——」

「むろんお熊は放免じゃ。お常殺しは別の人物ということになる。湯島にいた人間がおなじ刻限に、神楽坂で人を殺せる道理はないからの」

三郎三が勇躍して、

「そうあって欲しいもんですよ、旦那。あのお熊はどう見たってまっとうな人間で、健気(けなげ)に生きてるようです。それに伜の清吉のこともありやすから、あっしとしちゃ早くけえしてやりてえんでさ」

八

それから三郎三は南茅場町から湯島へと足を向け、三組町の作兵衛なる隠居の家を訪ねた。

作兵衛は馬面、禿げ頭の老人で、三郎三が行った時は縁に出てのんびりと剃刀を使い、髭を当たっていた。

三郎三は庭先から入って行くと、御用の筋だと言って名乗り、まず生薬売りの無尽屋お熊を知っているか否かの確認を取った。

「ああ、お熊さんなら旧いつき合いですよ。いつもここへ顔を出してくれて、あたしの躰を気遣ってくれるから、倅夫婦もお熊さんに感謝してるんです。倅ん所は毎日大忙しで、滅多にここへこられないんで、もしあたしに何かあったらお熊さんが知らせてくれることになってましてね」

作兵衛がそう言うので、昨日暮れ六つにお熊がここを訪ねると、作兵衛は留守だったと言っているが、その真偽はどうかと尋ねた。

すると作兵衛は昨日の記憶を辿りながら、

「はあて、ゆんべの暮れ六つ……いや、あたしはここにおりましたよ。留守になんかしておりません。喉の具合がおかしくって、お熊さんのくるのを待ってたんですから」

「しかしご隠居が留守だったんで、諦めてけえったと、お熊はそう言ってるんですがね」

「そんなはずはないですよ。ゆんべは日の暮れから一人で晩酌をやって、そのあとお熊さんを待ってたんです。けどいくら待っても姿を見せねえから、布団に横になっておりました」

「それじゃ眠ってたかも知れねえということですね」

「ああ？」

作兵衛が片方の耳に手をやって聞き返す。

それで三郎三がおなじことを言うと、

「ふむ、それはどうかな……眠った覚えはないんだが……」

作兵衛が自信のない表情になった。

恐らく作兵衛は酒が廻って寝てしまい、それでお熊の来訪に気づかなかったのではないか。そうとは知らぬお熊は、留守と思い込んで帰ったのでは――心情的にお熊に傾いているから、三郎三はそう解釈した。

しかし判然としない話ではあるから、三郎三は作兵衛に礼を言い、ひとまず三組町を後にした。

九

本郷三丁目の山形屋はそこそこの大店で、奉公人の数も多く、活気があって賑わっていた。

三郎三が店へ入って山形屋を呼び出し、来意を告げるとすぐに小部屋へ通された。

そこで三郎三は、初老で押し出しの立派な山形屋久蔵（きゅうぞう）を前にして、神楽坂の金貸しお常が殺害された顚末（てんまつ）を語った。

そして残された金貸し台帳によって、無尽屋お熊が債務者の一人であることがわかり、そこで本人をしょっ引いて問い糾（ただ）すと、お常の殺された刻限に湯島天神で山形屋に会ったとお熊が言っているが、それが本当かどうかを確かめにきたのだと有体に語った。

すると山形屋はきょとんとし、狐につままれたような顔になって、

「あたくしはお熊さんとは、湯島天神なんぞで会っちゃおりませんよ」

そう言った。

「会ってねえ？……そいつぁ妙だなあ、向こうははっきりそう言ってるんですよ。

こんな時、お熊がそんな嘘っぱちを言うとは思えねえんですが」

山形屋は困惑の表情になって、

「しかし会っていないものは、なんとも申しようが……」

「それじゃ山形屋さん、ゆんべの暮れ六つ頃にゃどこにいなすったね」

「その頃でしたら、あたくしは深川におりました」

「深川のどんな所で」

「ちょっと大きい声じゃ言えないんですが、親分」

山形屋は店の方を憚ると、ひそやかな声になり、小指を立てて、

「実は深川の富久町（とみひさちょう）に女を囲っておりましてね、そこに行ってたんです。ですからあたくしが湯島にいるわけはないんです」

「そりゃ妙な話ですねえ……しかもお熊が言うには、その時山形屋さんにゃお武家の連れがいたってえことになってるんですが」

三郎三が食い下がる。

「お武家様と？　それはあたくしじゃないですよ。ほかの誰かと見間違えたんでしょう。親しいお武家様なんておりませんし、まっ、お寺社方のお武家とは富くじを開く時に顔を合わせはしますが」

「おや、おめえさん、富くじに関わりがあるんですかい」

「あたくしは富くじの世話人を任されてるんでございます」

「そいつぁどこの富くじですね」

「湯島天神ですよ」

「ほう」

湯島天神の名が出て、そこで三郎三はきらっと山形屋を見た。

するとと山形屋は少し嫌な顔になって、

「だからって、信じて下さいまし。本当に湯島天神に行っちゃおりませんよ。そんな刻限に、しかも富くじがあるわけでもないのに、用なんてありゃしませんよ。まったく、言い掛かりもいいところだ。お熊は思いつきであたくしの名を出したんでしょうけど、迷惑千万ですね」

「迷惑千万ですって」

三郎三がむっとして、

「お熊は下手人にされるかどうか、命の瀬戸際に立たされてるんですぜ。そんな女が、旦那の言うように口から出まかせを言うとは思えねえじゃねえですか」

「そりゃそうですが、と言ってあたくしの方だって……藪から棒に金貸し殺しなんぞに巻き込まれた日にゃ、たまったもんじゃありませんよ」

「……」

山形屋が真剣に言うのももっともで、その抗弁の仕方は嘘をついているとは思えなかった。

「もうよろしいですか。店の方がちょっと立て混んでおりまして」

「わかりやした、お邪魔を致しやした」

三郎三は念のためと言い、山形屋から深川の妾の家と名を聞き出し、そこを辞去した。

十

その足で深川富久町へ行き、山形屋の妾の家を訪ねた。

それは小ぎれいなしもたやで、女の一人暮らしらしく、家の周辺などはきれいに掃き清められていた。

妾は政(まさ)と名乗り、玄関先で三郎三に応対した。

「ゆんべの暮れ六つだったら、確かに旦那はここにきてましたよ」

お政は芸者上がりらしく、色白の垢抜けた女だ。

「旦那はいつきて、いつけえってったんだ」

「お見えんなったのは暮れ六つで、お帰りは五つ半（九時）でした」

「やけにはっきりしてるんだな」

「いつもおなじですから。あまり長くいるとおかみさんに怪しまれるらしいんですよ」

「山形屋のおかみさんは、おめえさんのことを知らねえのか」

「秘密だそうです。まだこういう暮らしを始めて三月なんで、誰にも明かしてないんですよ。そのうちばれるだろうけど、その時は腹を括るって旦那は言ってくれてるんです」

「山形屋の旦那ってな、どんな人なんだい」

三郎三が探る目で言うと、お政はひきつった笑みになり、

「そういうことはあたしの口からは言えませんよ。言えるわけないじゃありませんか。旦那あってのあたしなんですから」

「それもそうだな」

三郎三は引け時だと思いながらも、

「お政さん、すまねえがもうひとつ聞かせてくれねえか」

「へえ」

「旦那はここへ、お武家の客を連れてきたことはねえかい」

「お武家ですって？」

「富くじの世話人をやってるから、旦那はお寺社方のさむれえとつき合いがあるんじゃねえかな」

三郎三が鎌をかけるが、お政は言下に否定して、

「そんなことは一度もありませんね」

「そうかい」

それで三郎三は引き下がることにした。

十一

石田の家の離れで、小次郎と三郎三が向き合っていた。

時刻は夜の六つ半（七時）頃で、母屋の方も喧騒が鎮まって、ひっそりと静まり返っている。

二人の間では、火鉢の火が勢いよく燃えていた。

「どう思いやすね、旦那」

それまでの経緯を語り、お熊と山形屋の証言の食い違いに三郎三は混乱を隠しきれず、悩んでいる様子だ。

「お熊と山形屋、恐らくどちらかが嘘をついているのであろうな」

小次郎が興味深げに言った。

「へえ、あっしもそう思いやすが、どっちも嘘を言ってるとはとても……」

「お熊が訪ねて、留守だと言っていた隠居はどうなのだ」

「そいつぁご隠居の勘違えじゃねえかと、あっしぁ思っておりやす。あの様子だと、耳が遠いのかも知れやせん」

「しかし隠居が確かにきたと言わぬ限り、お熊の証し立てにはならんな」

「へえ、そうなんで……」

三郎三は浮かない顔だ。

「ではお常から金を借りていたほかの人間はどうだ」

「軒並（のきなみ）当たりやしたが、これといって怪しい奴は……実はお熊と並んで五両二分もお常から借りている浪人が一人おりやして、これがちょいとばかり手強いんでさ」

「どう手強いのだ」

「両国の盛り場で蝦蟇の油売りをしている都田団右衛門という人なんですが、田ノ内の旦那が行ったら血相変えて怒りまくって、だんびら抜いて追い返されたとか」

「ふん、それは脛に疵持つ手合いのやりそうなことだな」

「そうでしょうか」

「よし、その男はおれが当たってみよう」

「有難え、そうこなくっちゃいけねえや」

三郎三が思わず手を打った。

「おまえはお熊の身辺をもう一度洗うのだ。それと山形屋の周辺もだ」

「へえ、どっちかの嘘をひっぺがしてみせまさあ」

三郎三が勇んで出て行き、小次郎も外出の支度に取りかかった。

するとややあって、小夏が軽い足取りでやってきた。

「旦那、お客さんですよ」

「客？　誰だ」

「まだ子供です。清吉と名乗ってますけど」

「清吉か……」

「どういう子なんですか」

「説明はあとだ。ここへ通してくれ」

小夏が承知して去ると、入れ代りに清吉がおずおずと現れた。

清吉は挨拶も何もせず、黙って小次郎の前に膝頭を揃えて座ると、そこでうなだれてもじもじとしている。自分の方から言いたいことが言えないようだ。

小次郎は清吉を斜めに見るようにして、

「何をしにきた、清吉」

「……」

「おれの顔が見たくなったのか」

軽口を言ってみた。

清吉は思い詰めた顔で、

「おっ母さん、どうなるんだ。大番屋の牢屋に入れられたまんま、出てこねえ」

少年らしくないかすれた清吉の声だ。切羽詰まった様子で、そこに子供ながらも心労が見て取れた。

「わからんな、おれに言われても。何もしていなければ放免になるはずだ」

「何もしてねえよ、おっ母さんが人殺しなんかするわけねえだろう」

清吉が激昂して食ってかかった。

「おれもそう思ってはいる。だが嫌疑をかけられても仕方のないような金を、お熊はお常から借りていた。借金のことは知っていたのか」

「おいらにゃひと言も言ってねえけど、うすうすは……お父っつぁんが店をやってた頃はうまくいってたみてえだけど、大変みてえなんだ、おっ母さん一人だと」

「だったらなぜ商いを手伝わん。母親の見様見真似で、おまえにも売り歩きぐらいはできるであろう」

「そんなの無理だ。生薬のことが頭にへえってねえ。客に効き目を聞かれたって、説明できねえだろう」

「母親のあとについて、それを教わればよいのだ。やる気さえあれば、母親が大変とわかっているなら、できるはずだ」

「そ、そりゃそうだけど……」

口を尖らせて清吉がうつむいた。

「何もせずにぶらぶらしていて、揚句は罪もない物乞いをいたぶっての憂さ晴らし。そんなくだらん暮らしぶりだから、こんな憂き目を見るのだ」

「説教ならやめて貰いてえな」

「だったら勝手にしろ。おれを頼られても迷惑だ」

小次郎が突き放した。

「ちっ、畜生……そうかよ、そういう人だったのかよ」

「おまえは甘える相手を間違えておろう。おれは赤の他人なのだぞ」

「わかったよ、もうこねえよ、こんな所二度とご免だぜ」

捨て科白で席を蹴り、清吉が憤然と出て行った。

するとそろそろと小夏が入ってきて、

「あの子と旦那の間に、何かわけでもあるんですか。子供のくせに偉そうに怒鳴ってましたけど」

「あの子をどう見る、小夏」

「そうですねえ……まだ子供なのに、突っ張り方は一人前ですよね。でもそんなに悪い子とも思えませんけど」

「あれはな、物乞いを襲った悪がきの一人なのだ」

「んまあ、そうだったんですか」

「しかしあれの母親が今、窮地に立たされている」

「それで、旦那は」

「救ってやりたいのだ、おれとしてはな」

小次郎が真顔で言った。

十二

両国広小路で客を集め、都田団右衛門が蝦蟇の油売りをやっていた。

都田は雲を衝くような大男で、袴に白襷、高下駄に白鉢巻というういでたちだ。それに月代を伸ばし、戦国武将のような髭を生やしたその姿は、どう見ても時代遅れの三流の武芸者である。

「さあさあ、お立ち会い。手前持ち出したるは四季蟾酥は四六の蝦蟇の油。蝦蟇と申してもただの蝦蟇とはわけが違うのだ。江戸より北に三十里、関東は筑波山の麓にて、おんばこと申す露草を食って育った四六の蝦蟇なのである。四六、五六はどこで見分けるか。前足が四本で後ろ足が六本、これを名づけて四六の蝦蟇だ。この蝦蟇の油を採る時には四方に鏡を立て、下には金網を張り、そのなかへ蝦蟇を追い込むなり。すると蝦蟇はおのれの醜き姿が鏡に映るので、それを見て敵と思い込み、たらりたらありと脂汗を流す。それを下の金網にて吸い取り、柳の小枝をもって三七、二十一日の間、とろりとろおりと煮詰めたものが、この陣中膏蝦蟇の油だ。これなる蝦蟇の油の膏薬は、ひびにあかぎれ、しもやけの妙薬。はたまた虫歯の痛みに、さらには出痔、いぼ痔にはしり痔、腫物一切に刃物の血止めも致す。つまりは万能の膏薬なのである。さあ、お立ち会い」

そこで都田は派手に三尺の大刀を抜き放つや、紙束を取り出し、

「ここに取り出したる氷の刃。一枚の紙が二枚、二枚が四枚、四枚が八枚、八枚が十六枚と、さらに十六枚が三十と二枚、三十二枚が六十四枚、うぬぬっ、やっておれんのう。六十四枚が一束と二十八枚、これ、この通り、ふうっと散らせば比良の暮雪は雪降りの型と相なる」

鮮やかな手並で白刃を閃かせて紙を切り、壮烈に吹いて紙吹雪を散らせた。

円陣がどっと沸く。

蝦蟇の油の膏薬が飛ぶように売れ、都田は満悦である。

だが売り歩くその顔が、ぎろりと白目を剝いた。

小次郎がふところ手で、目許に笑みを浮かべて立っていたのだ。

「なんだ、お主は」

「見事な口上であったな」

「あ、いや、それはどうも……お恥ずかしい次第だ。これも身過ぎ世過ぎと思うて、ご理解頂きたい」

都田が巨体を屈めるようにして言う。

田ノ内伊織は怒って追い返したのかも知れないが、小次郎をおなじ浪人と見るや、都田の態度は違うようだ。

「恥じ入ることは何もあるまい。それに抜刀術もなかなかのものであった」

「は、はあ」

照れ臭そうに都田が首筋に手をやる。

「実は貴殿に聞きたいことがあってな」

「聞きたいこと？」

都田が警戒の目になった。

小次郎は直情径行そうな都田の人柄を見て取り、ここは率直に出ようと、

「神楽坂の金貸しお常に、五両二分の借金があるな」

「そのこと、何ゆえお主が……」

「あえて事情は語らぬ」

「はっ」

「そのお常が何者かに殺された。この一件、関わっているか」

ずばり聞いた。

「いや、まったく。昨日も八丁堀同心に詰問されたが、腹が立って追い返した。わしは断じてそのような罪は犯しておらん」

「真であるな」

「神に誓って」

小次郎はじっと都田を見抜くようにして、

「ならばよい。邪魔をした」

小次郎が踵(きびす)を返した。

都田団右衛門は脛に疵持つ手合いではなかったのだ。

「あ、いや、お待ち下され、それだけでござるか。みどもに多少なりとも嫌疑があったのではござらんのか」

「嫌疑はもう晴れた」

小次郎が背中で答える。

「なんと」

「何事にも正直な御仁だ。貴殿には一点の曇りもあるまい」

小次郎が向き直って言った。

「で、では借金はどうなるのだ」

「お常に遺族はいないらしい。したがってこの場合は借り得ということかな」

「やれ、それは助かった」

都田の顔に満面に笑みが広がる。

「因みに申すが、蝦蟇を怒らせると目の上の瘤から白い汁が出る。これには毒素が含まれていて目に入ると失明に至る。また蝦蟇に嚙みついた犬はもがき苦しんで死ぬ。蟾酥はこの汁を固めたものだが、毒性が強いから確かに薬用としてはよろしかろう。したが膏薬を作る時は用心することだ」

「は、はあ……よくぞそこまでご存知でござるな。感服仕った」

「なんの。さして役にも立たぬ雑学よ」

そう言い、小次郎は悠然と立ち去った。

十三

以前とおなじ大番屋の小部屋で、田ノ内と三郎三はお熊の再訊問をしていた。

作兵衛は家にいて、お熊がきたのを知らなかったと言い、山形屋は深川にいたから湯島になどいるはずはないと、八方塞がりの答えを三郎三から聞くと、お熊は暗く重々しい表情になって考え込み、何も言わなくなった。

その口から、女とは思えぬ野太い唸り声が漏れている。ごつごつとした顔は怒っているようでもあり、怕い感じがした。

田ノ内が持て余したように、

「どうなのだ、お熊。おまえの言うことの裏を取ってみたが、何ひとつおまえの無罪を証し立てすることはできなかった。そろそろ本当のことを言ってくれぬか」

「本当のこととはなんでございますか。やっぱりあたしをお疑いなんですね」

「おまえは湯島にいなかったのであろう」

「いいえ、おりました。神楽坂になんぞ行っておりません」

一歩も引かぬ気魄で、お熊が田ノ内を見据えた。

田ノ内は困って、三郎三に助けを求める顔を向けた。

三郎三が溜息を吐いて、

「お熊、おれぁおめえの言うことを信じて駆けずり廻ってきたんだぜ。けど作兵衛さんも山形屋も寝耳に水の様子でよ、とても嘘をついてるとは思えねえんだ」

「作兵衛さんは昔から少し耳が遠いんです。だからあたしの声が聞こえなかったのかも知れません。けど……」

「けど、なんでぇ」

「山形屋の旦那は変です」

「あの人は湯島天神の富くじの世話人をやってるらしいな」

「へえ」

「だから天神様にいてもちっともおかしくねえんだが、本人は違うと言っている。それに今は富くじが開かれてるわけじゃねえから、湯島に用がねえと言ったら確かにねえんだろうぜ」

「お熊、山形屋に似た男を見間違えたのではないのか」

これは田ノ内だ。

「いいえ、そんなことはありません。あれは山形屋さんでした」

お熊は頑強に言い張り、そしてふっと疑惑の顔になって、

「どうしてあんな刻限に山形屋さんは……もしかして……」

そこで言葉を切って考え込むお熊を、田ノ内と三郎三が固唾（かたず）を呑むようにして見守った。

「もしかして、山形屋の旦那は何かやましいことがあるんじゃないんでしょうか。天神様にいたことが知れたら、何か都合の悪いようなわけでも……」

「お熊、自分のことを棚に上げて、それは言い逃れというものではないのか」

田ノ内が言うのへ、三郎三は何かが閃いたように、

「待って下せえ、旦那。お熊の言うことにもし火種があるとしたら、調べてみる必要があるのかも……牙の旦那にも山形屋を調べてみろと言われてたんです。明日からやってみやすよ」

「うむ、おまえがそう言うのならわしは構わんぞ」

「へい」

「あのう……」

お熊がおずおずと言い出し、

「牙様という御方はどういう人ですか」

するど三郎三が自慢そうに、

「あれはおめえ、てえした人なんだよ。ものを見る目がずば抜けていてな、おれぁ時々ご意見を仰ぎに行くんだ」

「あの牙様は、伜のことを気にかけて下さいました」

「清吉は牙の旦那の所へ行ったらしいな」

「あの子が？　いったい何をしに……」

「おめえのことがしんぺえで行ったんだろうぜ。けど追い返されたみてえだ」

お熊が失笑を浮かべ、

「それでいいんですよ。でも滅多に人にものを言わない子がよくぞ……飯なんぞはどうしているんでしょう、自分じゃ何もできない子ですから、心配でなりません」

「でえ丈夫だよ。あれだけの歳なんだ、てめえでなんとかすらあ」

「……」

押し黙っていたお熊がぽつりと、

「あの子、あたしの血を分けた子じゃないんですよ」

田ノ内と三郎三が無言で見交わし合った。

「清吉は実は死んだ亭主の、前のかみさんの子なんです。そのかみさんが亡くなって、それであたしが後添いに入ったんですが、まだ清吉が小さかったんで何も打ち明けずに育ててきました。だから今だってあたしのことを母親だと思ってるはずです。それが……」

「どうしたい」

三郎三が問うた。

「あたしがこうして捕まる前に、あの子妙なことを……あたしが本当のおっ母さんなのかって、不意に言ったんです」

「ふうん、なんかに気づいたのかな」

これは三郎三だ。

「……噛み合わないって言ってました。なぜかあたしに甘える気になれないって」

お熊のその打ち明け話には言葉を差し挟む余地もなく、田ノ内と三郎三は無言でいた。

十四

湯島天神の禰宜である田村三太夫は、その日の勤めを終えると、直衣、袴、烏帽子を脱ぎ捨て、羽織を着たどこにでもいる町人姿になった。

ちなみに神職の最上位は宮司で、その次が権宮司、禰宜、権禰宜、ということになっている。

三太夫は四十過ぎの初老だが、未だ妻帯しておらず、浅草田原町の借家で気ままなひとり暮らしをしている。女人には縁も興味もなく、ひたすら食い道楽ひと筋に生きることを信条としており、色白の福相をして気性も穏やかだから、周りの誰からも好まれている。つまりは人畜無害な男なのだ。

三太夫の足は湯島を出ると、いそいそと下谷広小路へ向けられた。

まだ宵の口なので人の往来が盛んで、三太夫は大通りからひとつ奥へ入り、行きつけの軍鶏鍋屋の暖簾を潜った。そこは五、六坪の小さな店だが、ここの軍鶏肉が美味なのである。

軍鶏は闘鶏用に改良、飼育された鶏のことで、通常のそれに比べ、筋肉が締まって歯応えがあるのだ。この頃の人たちは、このようにしてこぞって鶏肉を食べていたという。

すでに店のなかは客でいっぱいで、三太夫は店とは別の奥の小上がりへ通された。

衝立で仕切ってあり、そこには濃紫の小袖を着た浪人者が、背を向けてひっそりと酒を飲んでいた。

店の亭主はもう馴染みだから、註文も何も聞かずに、いつもの剣菱の熱燗と、その日は煮やっこの突き出しが出た。

煮やっことは、文字通り豆腐を煮たものだが、湯豆腐のように下地をつけて食べるのではなく、味つけした出汁で豆腐を煮つけたものである。

三太夫がちびちびと燗酒を舐め、煮やっこに舌鼓を打っていると、早くも小女たちが軍鶏鍋を運んできた。小女は二人して、一人が炭火の燃えた七厘を持ち、もう一人は煮えたぎった鍋を持っている。そうして飯台に七厘と鍋が置かれた。

湯気の立ったそれが目の前にくると、三太夫は思わず幸せそうなほくほく顔になった。

「おほほ、これはまた」

なのである。

鍋は直径七寸（約二十一センチ）にも満たない小さなもので、中身は軍鶏肉と長葱だけである。味つけは後の世のすき焼き風で、砂糖と醤油仕立てになっている。

すでにぐつぐつとよく煮えている軍鶏肉を取り皿に取り、ひと口食べて、三太夫は思わず唸った。

（ああ、たまらない、なんと美味なんだ）

生きている幸せを実感した。

するとそれまで背を向けていた浪人者が、衝立越しに横顔を見せ、

「よい匂いだな」

そう言ったのは、小次郎である。

「よろしかったら一緒にやりませんか」

ほろ酔いのせいもあり、三太夫が気さくに誘うので、小次郎は便乗することにし、取り皿だけ持って衝立を越してきた。

小次郎はひと口食べて、目を輝かす。

それを見て三太夫は満足げにうなずき、軍鶏鍋についてひとくさり語った。

小次郎は聞き役に徹し、酒も料理も佳境に達したので小女に追加を註文した。おのれのことはさほど語らず、纏作りの石田の家の間借人だと明かしただけで、禰宜である三太夫の職掌について細かな質問をつづけた。

そのうち話題は湯島天神で行われている富くじのことに及び、小次郎が疑問を投げかけた。

「おれは常々思うのだが、高額の当たり金はどこに保管してあるのだ。賊に奪われ

るような気遣いはないのか」

「それはお寺社方の蔵にしまってあるのですよ。そうして富くじ開札の当日に、二名の小検使殿が七、八名のお寺社同心方と運んで参ります」

「不正の入る余地はないというのだな」

「ありえませんね。当方の場合は一番富が六百両で、次いで六十両、五十両、三十両、五両となっており、千両近い小判を金箱ひとつで持って参るのです。金高もぴたっと合って遺漏はないのです」

「世話人という連中はどうなのだ。当たり金に触れることはないのか」

「四人の世話人は富くじ開札の時に同席するだけですから、当たり金は素通りです。ですから何も疚しいことはないのですよ」

「ふむ」

「しかし……」

「どうした」

「わたくしも常々不思議に思うことがありましてね」

「うむ」

「一番富の六百両から二割の百二十両を差し引くことが決まりで、それは堂宇の営繕のためという名目で昔から行われております。その金子だけは当方が預かり、頂くことになっております」

「で、不思議というのは」

「妙なことに宮司様を始め、われわれはその金子を見たことがないのです」

「どういうことなのだ」

「それは世話人が預かり、拝殿内に置かれた金箱に入れてしまうのです。鍵を管理しているのは世話人の長でして、そのなかから何年かに一度、堂宇の修繕に使ってはいるのですよ。しかし月に一度富くじが開札され、百二十両の十二倍ですから千四百四十両にもなります。それなのにいつ見ても金箱はひとつです。あれに千五百両近くが入っているとは、とても……」

小次郎がきらっと目を光らせ、

「その世話人の長というのは」

「本郷三丁目の醤油酢問屋、山形屋久蔵さんでございます」

「……………」

ようやくその名が出て、小次郎の胸に何かがじわりとせり上がってきた。

湯島天神の禰宜田村三太夫の日常を調べ上げ、こうして軍鶏鍋屋で網を張っていた甲斐があったのである。

十五

玄関先を竹箒で掃き清めていたお政が、こっちへ近づいてくる人影を見て、一瞬顔を強張らせた。それは明らかに疚しいことのある表情だった。

「ちょいといいかい」

そばへきて、三郎三が言った。

「へえ、まだなんぞ」

「聞きてえことがあってきたんだ。ここじゃなんだ、へえらして貰うぜ」

「へ、へえ……」

お政は渋々三郎三を家へ上げ、長火鉢を挟んで向き合った。

お政はきれい好きらしく、家のなかは片づけが行き届いていた。調度品なども安物はなく、山形屋久蔵のお蔭でなかなかいい暮らしをしているようだ。

「お政さん、山形屋の旦那と知り合ったのはいつのことだい」

「そうですねえ……かれこれ二年になりますか」

「その前はおめえは、深川じゃ結構売れっ子だったらしいな」

「へえ、まあ」

三郎三が何を言い出すのかわからないので、お政は慎重にして言葉少なだ。

「三年ばかり前のこった。梅奴ってえ妹芸者におめえはあることを頼まれたろう」

お政がさっと色を変え、

「なんのことでしょう、そんな前のことはあたし……」

「憶えてねえはずはあるめえ。梅奴に相談を持ちかけられ、おめえは子堕ろしに手を貸した。実際に手を下した室井九庵てえ婦人科の医者がそう言ってるのさ。もっともこの医者は罰を食らって、とっくに仕事をやめてるがな。おめえのことをよっく憶えてたぜ」

それだけのことを、三郎三はお政の周辺を聞き込むうちに入手したのだ。

お政は顔を伏せて押し黙っている。

「いいかい、承知の上だろうが、子堕ろしは天下の御法度だ。やっちゃならねえことなんだよ」

「……」

お政の顔色は真っ青だ。手先を震わせ、狼狽を隠せないでいる。

「けどおいら、そんな旧いことを今さら暴き立てるつもりはねえんだ」

「何を仰せになりたいんですか」

「ほかでもねえ、三日めえの晩の山形屋のことだよ。旦那は本当に暮れ六つにここにいたのかい」

「そ、そのことは以前にも……」

「念には念を入れて聞いてるんだよ。おめえの方に思い違いってえこともあるかも知れねえだろう」

思い違いという言葉を出して、三郎三はお政に逃げ道を与えた。

「どうだい、お政。前言をひるげえす気はねえかい。よっく考えて返答しな」

「………」

「あくまで旦那がここへきたと言い張るんならそれでもいい。三年前の旧悪でおいらおめえをしょっ引かなきゃならねえ。手が後ろに廻るんだ。そうなるとこの暮らしも、何もかもがおしゃかんなっちまわあ」

お政が恨みがましい目になって、

「親分さんはお若いのに、このあたしを脅すんですか」

「脅してるつもりはねえよ。金品を寄こせと言ってるわけじゃねえんだ。こちとら本当のことを知りてえだけなのさ」

「……」

「おい、黙ってちゃわからねえぜ」

三郎三が十手をちらつかせると、お政はびくっとなり、そこでようやく観念の目になった。

「……親分」

三郎三がその顔色を読み、ぐいと身を乗り出して、

「おう、嘘偽りのねえことを言う気になったかい」

「あたしったら、とんだ思い違いをしておりました」

「うむ」

「あの晩、旦那はここへきちゃおりません」

三郎三が得たりとなり、

「だったらいつきたんだい」

「次の日の昼です」

「そこでゆんべきたことにしてくれと、旦那に言われたんだな」

「さあ、それはどうでしたか……旦那がそんなことを言ったかどうか、憶えが

……」

お政は惚け通す腹らしく、

「ともかくあの晩は、あたし一人でした」

三郎三も意を含んで、

「そうかい、そいつがわかりゃいいんだよ」

「それと……」

お政が迷うようにして、言い淀む。

「うむ？」

「うちの旦那がお武家を連れてきたことはあるかと、前にお尋ねでしたね」

三郎三が目を光らせ、

「おう、確かに言ったぜ。そのことも思い違いをしてたのかい」

「へえ、月に一度、旦那と一緒にここへくる御方がおります。仲良く酒をやって帰るだけなんですけど、それはよそで二人のところを見られたくないからだと言ってました」

「で、そのお武家ってな、何者だい」

「お名前を言ったら、あたしのことはお咎めなしにしてくれますか」

「ああ、いいとも。子堕ろしのことなんざ、きれいさっぱり忘れてやらあ」

お政は「そうですか」と安心の顔になり、

「お寺社方の小検使で、能勢勝四郎様という御方です」

十六

生薬をぎっしり詰めた担ぎ荷は思ったより重く、十四歳の痩せて未発育の背には堪えた。

おっ母さんはよく毎日こんなものを背負ってと、清吉はつくづくお熊は偉いと思った。しかしお熊が囚われの身となった今、何もしないで家にいるよりはと、こうして売り歩きに出てみたのだ。気分は泣きたいくらい情けなかった。

それにはお熊の背を見て教われと、小次郎に言われた言葉が影響していた。

あの時は反撥しかなかったが、いつまでもお熊が帰ってこないからしだいに心細くなってきて、天涯に身の置き場のない立場をいやというほど知らされた。

といって、売り歩きに出たものの、効能を言えるのは風邪薬と腹薬ぐらいで、あとはなんと説明していいのかわからない。そういうわけもわからない生薬も一緒に詰め込んできたので、それをもし客に聞かれたらどうしようかと、おのれの愚かさに愛想の尽きる思いがした。

あれ以来、悪仲間の吉六と長次とは会っていなかった。二人がきついお叱りの後に放免されたらしいことは、風の噂で耳にしたが、もう会う気にはなれなかった。会えばまたぞろ悪さをする相談だろうから、清吉はもうそういうことに嫌気がさしていた。だから今はお熊の心配ばかりをして暮らしていたのだ。

だが暮らしといっても、清吉はその術を知らず、飯も初めて炊いたし、家中の銭を掻き集めて惣菜も買いに出た。飯は黒焦げにするし、惣菜も何を買っていいか、初めのうちはまごつくばかりだった。それまでお熊に上げ膳据え膳だったから、何もできない自分を改めて思い知らされた。

(ちえっ、何様のつもりだったんだ)

わが身に毒づいた。

こんな生活がいつまでつづくのか、清吉は不安と後悔の日々なのだ。

湯島切通町を大分離れ、下谷近くの道を歩いていると、路地から死神のような白髪の老婆が現れ、肩凝りに貼る膏薬はないかと言われた。

清吉はびっくりしたように老婆を見ただけで、何も言わずに後ずさり、ばたばたと逃げ出した。

やはり自分には売り歩きはできない、とても無理だと、その日は人目を避けるようにして家へ戻ってきた。

無尽屋の家へ入って行く清吉の姿を、物陰から三人の男が見ていた。

それは田ノ内伊織と大工の亀助、もう一人は亀助とおなじ雨傘長屋の住人で、鋳掛け屋の爺さんだ。

この爺さんは仕事さえなければ、朝からでも平気で酒を飲むような手合いで、この時も酒焼けのした赤い顔をしてゆらゆらと立っていた。

「今の小僧じゃが、どうじゃな」

田ノ内が清吉のことを聞いた。

「へえ、あいつですよ、あいつに間違いありやせん」

爺さんはずるっと洟を啜って、

「正真正銘、あの小僧です。あっしの目に狂いはござんせん」

「やはりそうか……」

たちまち田ノ内の目に暗い影が差した。

十七

　寺社方小検使の能勢勝四郎は、押し出しの立派な三十半ばの男である。

　それが上野寛永寺(かんえいじ)の宏大(こうだい)な境内をゆるりとめぐりながら、大伽藍(だいがらん)の鬼瓦(おにがわら)、棟(むね)、垂木(たるき)、木鼻(きばな)、虹梁(こうりょう)、貫(ぬき)、扉などに傷んだ個所はないものか、検分している。これは寺社方の役儀なのである。

　小検使というものは、あくまで大名である寺社奉行の家臣で、幕臣ではない。役儀の内容は町方の廻り方同心と捕物出役同心に匹敵し、格としては与力に当たるものだ。服装は羽織袴で、槍一筋、草履(ぞうり)取り、挟み箱持ち、寺社方同心を配下に置いている。その同心たちもまた、寺社奉行の家臣なのだ。

　その日は供を連れず、冬晴れの日和を楽しむかのような能勢の風情だ。

　すると大樹の陰から、不意に小次郎が姿を現した。

　三郎三からの報告で、山形屋とつるんでいた能勢勝四郎の存在がわかり、探索の末にここで待ち伏せていたのである。

　能勢は小次郎を見て一瞬ぎょっとなるが、見たこともない男なのでそのまま行き過ぎようとした。

「待たれい」

背後から呼び止められ、能勢が警戒の目でふり返った。

「貴殿のこと、調べさせて貰ったぞ」

「なに……誰だ、その方は」

「能勢勝四郎殿、寺社方小検使として主家阿部家より二百石を賜り、住まいは道三橋の藩邸、侍長屋に暮らしおる。家族は国表にて、妻と二人の娘がいる。そうであるな」

「な、なんのためにわしのことを……名乗られよ」

「市井無頼の徒ゆえ、名乗っても詮ないのだが、牙小次郎と覚えておいて貰おう」

「牙小次郎……いったいこのわしに何を申したいのだ」

「貴殿の不正の儀、問い糾したい」

「不正だと……」

能勢の顔から血の気が引いた。とっさに刀の鯉口を切り、身構える。

「湯島天神の富くじ開札につき、貴殿は世話人の山形屋久蔵と結託し、いつの頃からか知らぬが一番富の百二十両をふところに入れていた。違うかな」

「……」

能勢は追い詰められた顔になり、勢いよく抜刀して刀を右八双に構えると、

「おのれい、根も葉もない戯れ言を。成敗するぞ」

小次郎が皮肉な笑みを湛え、

「できるかな、そのへなちょこの腕前で。八双の構えを取るなら、右の拳はもそっと右肩の上まで高く上げねばならぬ。躰も斜めに過ぎるな。それでは逃げ腰であることが歴然としているではないか」

「だ、黙れっ」

甲高い声を上げ、能勢がしゃにむに斬りつけた。

小次郎がすっと身を引き、すばやく能勢のふところへ入り込んで利き腕を捉えた。

捉えられた腕の痛みに、思わず能勢が刀を落とした。押し出しの立派さは見かけ倒しだったのだ。

「うぬっ」

その能勢を、小次郎がだっと突きとばす。

能勢が尻餅をついて後ろ向きに倒れた。

「貴殿の罪を暴くこと、決して本意ではなかった。これはいわば瓢箪から駒、ある

いは怪我の功名であるな」

能勢がすかさず地に伏して、

「頼む、見逃してくれ。すべては山形屋にそそのかされてしたことなのだ」

「何を申してももう遅いわ」

そこで小次郎は四方を見廻し、

「方々、お出ましあれ」

声高に言った。

すると樹木の陰のあちこちから、寺社方の役人が五、六人現れ、能勢を取り囲んだ。

小次郎が寺社方の門を叩き、あらかじめ役人たちに事情を話して呼んでおいたのだ。

役人たちを青い顔で見廻し、能勢が絶望の淵に突き落とされる。

「三日前の暮れ六つ、山形屋と二人で湯島天神へ参り、金子を盗んだな」

「………」

「有体に申せ」

能勢は忸怩たる思いの顔を伏せ、身を震わせている。

役人たちが能勢に近づき、肩をつかんで証言をうながした。

それに煽られ、能勢は消え入りそうな声になって、

「三日前なら……ああ、確かに」

「その時、生薬売りの女に会ったであろう」

能勢が虚脱したようにしてうなずき、

「会った……女は挨拶をしたが、山形屋は何も言わずにわしと立ち去った。あの女の訴えなのか」

「いいや、そうではない。しかしそれでよいのだ」

この御仁は方々に譲るぞと言い、小次郎は身をひるがえした。

十八

その足で小次郎は不忍池で三郎三と落ち合い、本郷三丁目の山形屋へ向かった。

山形屋の店先では荷駄が停まり、幾つもの大きな醤油樽を人足たちが下ろす作業をしていた。

台帳を手にそれを見守っている山形屋の背後に、小次郎と三郎三が立った。

「この繁昌(はんじょう)も今日を限りと思うと、残念であるな」

小次郎の揶揄を含んだ言葉に山形屋が驚いてふり返り、そしてそこにいる三郎三の姿に露骨に嫌な顔になった。

「紺屋町の親分、またでございますか。見た通り手の離せない有様でしてね、御用なら出直してきてくれませんか」

三郎三がせせら笑って、

「そうはいかねえんだよ。今日はおめえさんをふん縛りにきたのさ」

「ええっ」

山形屋が血相を変えて、

「な、何を言い出すのかと思ったら……仕方がない、ここじゃなんです、奥へきて下さいまし」

そうして山形屋は二人を奥の一室へ通すと、居丈高な態度で三郎三に食ってかかった。

「このあたくしをふん縛るとはどういうことでございますか。おまえさん、少しばかり血迷ったんじゃありませんかね」

小次郎がうす笑いを浮かべ、

「血迷っているのはおまえの方であろう」

「あなた様はどちら様で？　なんの根拠があってそんな途方もない言い掛かりをつけるんでございますか」

「能勢勝四郎はたった今、寺社方に捕えられたぞ。富くじの百二十両を盗みし件、白状したのだ」

「……」

山形屋が蒼白になり、言葉を失った。

「金のために血迷った揚句、おめえさんは身を滅ぼしたんだよ。店があんなに繁昌してるってえのに、なんでそんな馬鹿なことしたんでえ。気が知れねえよ。まっ、もっとも悪事になんではねえがな」

そう言いながら、三郎三が山形屋の後ろに廻って捕縄をかけた。

山形屋は抗わず、悄然と落ち込み、一気に見る影もなくなった。

「三日前の暮れ六つ、湯島天神で無尽屋お熊に会ったな」

小次郎が念押しをする。

山形屋はからからに渇いたような声で、

「……はい、会ったのは本当です。能勢様と二人で天神様から出てくるところを見られ、これはまずいと……会ってないと言えば、疑いはかからないと思ったんです……悪いことをしているといつも後ろ暗くって、大層な心の重荷でございました」

小次郎がそれで安堵し、

「三郎三、お熊は救われたな」

「へえ、けど……」

「なんだ」

「そうなるってえと、金貸しの婆さんはいってえ誰が手に掛けたんでしょう」

「それはまた別件であろう」

山形屋を三郎三に任せ、小次郎は席を立った。

十九

小次郎が三郎三と別れて石田の家の離れへ戻ってくると、田ノ内伊織がぽつねんと待っていた。

「牙殿、わしは気が重うてならん」

うなだれたまま、田ノ内が言った。

そうして冷めた茶を、ごくりと音をさせて飲み込んだ。

「どうなされた」

田ノ内の様子から何かを感じ取り、小次郎が気遣いながら言った。

「お常殺しの下手人じゃよ」

「判明したのですか」

田ノ内が深くうなずき、

「お熊の伜であった」

「……」

「お常の家の隣りの長屋の住人が、三日前の暮れ六つに清吉が忍び込んで行くのを見ておった。首実検(くびじつけん)をしたが、間違いないことがわかった」

小次郎は暫し考えていたが、

「田ノ内殿、清吉の歳は」

「確か十四と聞いたが」

「では極刑は避けられますな」

小次郎の表情から少し憂いが消えた。

「そうであろうか」

「男女の成年は十六と定めてある。天和二年（一六八二）の大火事を引き起こした八百屋お七（しち）は、十七ゆえに裁かれた。老と幼とは刑せずと、お定め書きにも記してあります」

田ノ内が驚嘆の体で、

「よ、よくぞそこまで……牙殿は他国の人と思うたに、何ゆえそこまで詳しくご存知なのか」

「徳川を知るにはまず刑罰をと、その昔に学んだことがある」

田ノ内が啞然としたように、

「ご貴殿はいったい、どこの御方なのか」

「まあ、それはよろしかろう。しかしいかに清吉が十四でも、お咎めなしとは参らぬな。なにがしかの罰は受けねばなるまい」

「いかにもじゃ」

「わたしが清吉を、奉行所へ同道させましょう」

「そ、そうして頂けると」

「その前にお熊を放免して下され。お熊には田ノ内殿が因果を含ませるのです」

「相わかった」

「少し気分は軽くなりましたかな」

「はっ、牙殿のお蔭で」

では早速と、田ノ内が急いで出て行った。

小次郎の顔からふっと笑みが消え、清吉の心中を思って心を湿らせた。

二十

その晩も清吉はひとりで飯を作っていた。

飯はどうにか炊けたものの、里芋(さといも)の煮たのは真っ黒に焦がしてしまった。さらに沢庵(たくあん)を切る時に包丁で指先を切ってしまい、慌ててその指を口に含んで血止めをした。何をやっても思うようにならず、清吉は不機嫌だった。

腰高障子が開けられ、小次郎とお熊が入ってきた。

「おっ母さん……」

驚きと喜びで立ち上がったものの、清吉は二人の重々しい様子からそのなんたるかを悟り、すとんと腰が抜けたように座り込んだ。

小次郎とお熊が無言で上がり、清吉の前に座った。

お熊は清吉の指先が切れていることがわかり、何も言わずに小箱から晒し木綿を取り出し、疵口に巻いてやった。そしてその手が霜焼けで赤くなっていることに気づいた。この子は冬になるといつもこうなるのだ。だから毎年、お熊はその霜焼けをさすって両手で包んで温めてやり、血が通うようにしてやっていたのだ。長ずるにつれ、清吉はそれが照れ臭いらしくて嫌がったが、去年まではそうしていた。

(それが今年は……)

お熊が捕えられたことで、そんな母子の習慣さえ忘れられていたのだ。

小次郎が沈黙を破って、

「清吉、わけを聞こうか」

静かな声で言った。

清吉は無言だ。

「何ゆえ、金貸しお常を手に掛けた」

「………」

「おまえ、おっ母さんのためにやったつもりなのかい」

お熊の声は震えていた。

ややあって、清吉がこくっとうなずいた。

「そんなことして、あたしが喜ぶとでも思ったのかい」

「ひでえじゃねえか」

「なんだって？」

「あ、あの婆さん、穴八幡一家の連中を使って、おっ母さんの行く先々で……おいら、見たことがある。おっ母さん、道の真ん中であいつらに怒鳴られて、土下座までさせられてたじゃねえか。それをやらせてたのがお常だとわかったから、だからおいら……」

　言葉尻は消え入りそうになった。

「清吉、物乞いに化けたおれを、それとは知らぬおまえたちが襲おうとしたのはおなじ晩のことであったな。お常を暮れ六つに殺しておいて、それから仲間と柳原土手へきたということか」

「そ、そうだ……あの晩はおいら、やりたくなかった。けど吉六たちに様子がおかしいと怪しまれたくなかったから、無理して土手へ行ったんだ」

「婆さんは絞めたのだな」

「家にへえって、ものも言わずに飛びかかった。夢中だった。この婆さんさえいなくなればおっ母さんが楽になれると思った。その時はそのことしか考えなかった。

後でおっ母さんが疑られることになるなんて、思いもしなかったよ」

そして小机の上にあった金貸し台帳を持ち去り、柳原土手へ行く前に燃やしたと言った。

お熊が小次郎と見交わし合い、

「おまえはこれからきついお仕置きを受けることになるんだよ。覚悟はしてるのかい」

清吉は目を上げず、声を震わせ、

「あるさ、とっくに覚悟はしてらあ」

強がってみせた。

「だったら牙様と一緒に番屋へ行くんだ」

「うん」

小次郎が先に立ち、土間へ下りて表へ出て行った。

それでも清吉は、うなだれてじっとしている。

「なにぐずぐずしてるんだい、とっととお行き」

お熊に叱咤（しった）され、清吉がのろのろと立ちかけた。

そこでお熊と間近で視線が絡んだ。

「お待ち」

「……」

「おまえ、おっ母さんのためと言ったけど、そんなにあたしのことを」

「当たりめえじゃねえか。おっ母さんの困ってる姿、見ちゃいらんなかったんだ」

「……」

なさぬ仲の清吉が、そう言った。

まだ髭もろくに生えていないこの小僧が、真剣にお熊を母と慕い、思い悩んでいたのだ。

（このしょんべん垂れが……）

清吉は七歳になるまで寝小便をしていた。朝になって、何度その尻を叩いて叱ったことか。お熊にとっては、つい昨日のことであった。

（あのしょんべん垂れが、いつの間にかこんなになって）

お熊の胸を熱い思いが駆けめぐった。愛しくてならなかった。この子と離れたくなかった。張り裂ける思いがした。

「清吉……」

お熊はごつごつとした男のような手で、清吉の躰を抱きしめた。腹を痛めたわけでもないのに、この子はあたしの子だと思った。

「おっ母さん、おいら、死罪になるのか」

「……」

「そうだよな……今思えば、あの婆さんに悪いことしちまった……何も殺すことはなかったんだ……ひっぱたくだけでおとなしくなったかも知れねえ……おいらが悪かったよ」

「……」

死罪にはならないと聞いていた。しかしそれで罪を逃れるのは嫌だったが、今の清吉の言葉でお熊は救われる思いがした。

(よかった。この子は立ち直れる)

お熊は滂沱(ぼうだ)の泪と共に清吉をきつく抱きしめた。

か細くくびれた清吉の躰は、今にも折れそうにしなった。

二十一

富くじ開札の当日となり、湯島天神の境内は溢れんばかりの人波でごった返していた。

　すでに突手によって突富が開始されていた。

　五両、三十両、五十両の当たりが決まり、それがために感涙する者、失神する者、唄い出す者など、そこはもう狂喜乱舞の坩堝と化していた。

　もみくしゃにされながら、小夏は必死で持ち場を守り、富札を握りしめている。

　拝殿には寺社方小検使、同心ら、それに羽織袴の世話人四人、肩衣姿の社人がずらりと厳かに居並び、開札は着々と進行している。

　そしていよいよ最後の一番富となり、それまでの喧々囂々、耳を聾するばかりの騒擾がぴたっと収まり、境内は水を打ったように静まり返ったのである。

「残りまするは一番富、始めまする」

　社人の声朗々と響き渡り、突手が柄の長さ五尺の錐を手に、箱の前へと進み出た。

　箱の大きさは高さ三尺五寸、横二尺、幅二尺五寸で、蓋の中央に二寸四方の一孔があり、そこから錐を突くようになっている。

　沸き立つ群衆の僥倖心を煽るかのように、太鼓がおどろおどろしく打ち鳴らされ、そこにいる誰もが固唾を呑んだ。

　やおら突手が箱のなかへ錐を突き通し、番号を記した木札を引き上げた。

読上人がその木札を手にして、すかさず読み上げる。

「一番富、鶴の二千三百六十一、鶴の二千三百六十一」

富札を眼前に持ってきた小夏が、かっと目を開けた。

そこに記された番号は、

「鶴の二千三百六十」

なのである。

（一番違い）

くらっとなりかけ、踏んばった。

まだ正気は失っていない。努めて冷静に思いめぐらせる。

「鶴の二千三百六十一」

それは小次郎に譲った方の富札であった。

「ああっ」

小夏の口から遂に絶叫が上がった。

二十二

「いいですか、小次郎様。気をしっかり持って下さいましよ。こういうことは落ち着きを失っちゃいけません」

すでに動転し、十分に落ち着きを失った小夏が、石田の家の離れへ駆け込むなり、小次郎に膝詰めするように迫ってぺたんと座り込み、目を血走らせてそう言った。

小次郎にはわけがわからず、

「どうしたというのだ、小夏。何かあったのか」

のんびりした声で言う。

「はい、何かあったんです」

「何事だ」

「富くじです」

「ああ、富くじ」

「あれ、どうしましたか」

「おれの分か」

「ええ」

小夏の返事はやけに力が入っている。

「はて、覚えがないな……捨てたかな」

「ええっ」

小夏がまた絶叫だ。

その目が座敷の隅にある屑籠(くずかご)に走った。

そこへ駆け寄って中身をぶちまける。

書き損じた紙屑の山のなかに、二つ折りにされた富札があった。

「ああっ、あった」

小夏が喜々としてそれを手に取り、

「鶴の二千三百六十一」

高らかに読み上げた。

「当たったのか、小夏」

「大当たりです」

それを聞いても、小次郎の胸にはなんの波風も立っていないようだ。

「小次郎様、小次郎様」

「そんな大きな声を出すな、聞こえている」

「上納金を差し引いて四百八十両、それがすべて小次郎様のものになるんです」

「それはよかったな」

泰然として様子の変わらぬ小次郎に、小夏は呆れ返って、

「それだけですか」

「うむ」

「どうしますか、忙しくなるんですよ。家を建て替えたり、遊山に行ったり、みんなにご馳走したりして寝る間もなくなります」

「おれはそんなことはせぬ」

「いいえ、しなくちゃいけないんです」

「当たったのはおれなのだ。好きにさせて貰う」

「なんに使うんですか」

「そう使うことばかり考えるな。おれの江戸での滞在費に加えておいてくれ」

「んまあ、なんてけちなんでしょう。許せませんよ、あたし」

「金はとかく人を狂わせる。見果てぬ夢を追い求めるようにもなる。踊らされてはいかんな」

小夏もしだいに気が鎮まってきて、

「……わっかりました。そうですね、その通りかも知れません。けちだなんて言ってすみません。四百八十両はなかったものとして、あたしがお預かりします」

「このことは内緒だぞ。そういう金は周りの人間も狂わせるものだ」

「はい」

「二人でどこかへ参るとするか」

「えっ」

「ささやかに祝うぐらいはよかろう」

「んまあ……」

「嫌か」

「いいえ、いいえ、そうしましょう、そうしましょう」

すぐに支度をと言い残し、小夏は浮き立って出て行った。

ホーホケキョ。

どこかで鶯が鳴いた。

富くじが当たったことよりも、そっちの方が嬉しくて、小次郎は思わず相好を崩したのである。

第三話　月を抱く女

一

　空腹にまずいものなしと言うが、ぶらり立ち寄った小店の、山吹茶漬なるそれはなぜか牙小次郎を喜ばせた。

　大きめの茶碗に盛られた冷や飯に茶をぶっかけ、香の物だけでさらさらと箸を運ぶ。

　その限りにおいてはなんの変哲もなく、素朴で単純なのだが、江戸の粋などというものは存外こういうところに神髄があるのではないかと、ようやくこの異国の地に馴染み始めた小次郎を感嘆せしめたのである。

　文化年間のこの頃になると、やたらと江戸の町々に茶漬屋が増えて、山吹茶漬を始め、海道茶漬、武蔵野茶漬などと勝手に名乗りを上げて商い、手軽なところからどこもかしこもそこそこ流行ってはいる。しかしどうやっても茶漬は茶漬なのだから、噴飯ものではあるが、がさつで、せっかちに事を急ぐ江戸っ子には極めて見合った食事と思えた。雅を重んじる京の都では、とても考えられないことだった。

そこは石田の家のある神田竪大工町からほど近い連雀町の辻にあり、周辺は乾物問屋、味噌問屋、御膳味噌屋、水油仲買、土物店などが軒を連ねた賑やかな通りだ。

（気に入ったな）

またこようと思い、わずかな銭を小女に手渡し、長床几から立ち上がったところで、男の怒鳴り声が聞こえてきた。

それは向かいの水油仲買の店の奥からで、「てめえん所は何か、腐った水を平気で売ってやがるのか」と、いかにもごろつき風のだみ声である。

水油仲買という商いは、文字通り水と油を売る稼業で、上質の上水から引いた水を一荷百文から二百文で売る。夏などはうまい水を求めて引く手あまたとなる。油の方は種子油や綿実の油、胡麻油、荏の油、髪につける色油などがあるが、一番稼ぎのあるのは日常不可欠の菜種油で、米や酒の二倍から三倍の値がする。だから裏店（うらだな）の貧乏人などは灯を節約して夜は早々に寝てしまう。するとなぜかややが授かる、という寸法になっている。

油商いには下り油問屋と地廻り油問屋とがあって、問屋、仲買、小売りと、組織図ができ上がっているのだ。

ごろつきが言い掛かりをつけて金品を脅し取ろうとしていることは歴然で、それを茶漬屋を出て表に立って聞くうち、小次郎の表情が不快なものになった。

往来の人も何人かが、恐る恐る歩を止め始めている。

店の主や番頭が、蚊（か）の鳴くような声でひたすら詫びている。

（我慢がならんな）

そう思った小次郎が、行動を起こそうとしたその時、向こうからやってきた三人の町人の男が立ち止まり、捨ておけない顔で騒ぎに耳を傾けた。

三人は初老、老年、若者で、若者はものものしくも空の早桶（はやおけ）を背負っている。

店奥からは、「てめえん所のお蔭で腹を壊しちまった。こんな端金（はしたがね）じゃ話にならねえんだよ」と金を突っ返すごろつきの声がしている。

三人のうちの初老が決意の顔になり、腕まくりをしてそこで待ち受けた。骨太のいかつい躰つきで、下膨れの色黒の顔は眉が濃く、ぎょろ目は達磨（だるま）を思わせ、敢然たる侠気に溢れて、それはかの昔に流行った男伊達を彷彿とさせていかにも勇ましい。着物も派手好みで、白地に髑髏の絵模様なのである。

小次郎はその初老の男に興味を抱き、うす笑いを浮かべながら見守ることにした。

やがて月代を伸ばして荒んだ顔つきのごろつきが、満足な金をせしめたらしく、肩で風を切って表へ出てきた。短軀で吹けば飛ぶような男だが、目つきは鋭い。

初老がぐいっとその前に立ちはだかった。

「なんだ、てめえは」

驚き、虚勢を張るごろつきの顔面に、初老が問答無用でいきなり鉄拳を叩き込んだ。

「あっ」

不意を食らったごろつきが、だだっと後ろ向きに無様に倒れた。たちまち鼻血が流れ出る。

すると後の二人がそれに群がり、どすどすと容赦なくごろつきを蹴りまくった。

若者の方はともかく、老年は痩せて小柄で前歯が欠けた爺さんだから、蹴りながら自分で転んだりしている。それでもふつうの爺さんよりは喧嘩馴れしているのか、蹴りは容赦がない。今はごろつきをやっつけているから怕い顔になっているが、剽軽そうで愛すべき面相をしている。

ごろつきが喚いて怒鳴り声を上げ、ふところから兇暴にも匕首をぎらりと抜き放った。

初老がすかさずそれへ飛びつき、匕首を持つ手首を難なくねじ上げ、その刃先をごろつきの喉に突き当てた。

「てめえ、この早桶にへえりてえのかよ。はん、そんなに死に急ぐこともあるめえ」

舞台で役者が大見得を切るようにして言った。

ごろつきは徒に喚きちらすだけで、泣きっ面になっている。

「さあ、脅し取った金をけえせ」

初老のどすの利いた声に震え上がり、ごろつきはふところから金包みを取り出して放り投げ、「くそ、覚えてやがれ」と捨て科白で逃げ去った。

初老はその金包みを拾い、店のなかから見守っていた主と番頭にそれを手渡し、三拝九拝されるのを鷹揚にいなして、爺さんと若者をうながして歩き出した。

それへ小次郎が笑みを湛えながら、横合いから声をかけた。

「見事な手並だな。一分の隙もなかったぞ」

「へっ、恐れ入りやす」

褒められて嬉しいのか、

「お武家様はどちら様で」

初老が腰を低くして言った。

「名乗るのか、こんな所で」

「へえ、どうか是非とも」

「おれは牙小次郎と申す。竪大工町の纏屋の居候だ」

「へえ、そうだったんですかい。石田さんの家なら知っておりやすぜ。四年ほどめえにあっしん所でお世話させて頂きやした」

「と言うと」

「こいつぁご無礼を。あっしぁこの町内でとむれえ稼業をやっておりやす尾花屋でござんす」

葬儀屋の身分を明かすと、初老は駒蔵と名乗り、爺さんを文六、若いのは久松だと言って小次郎に引き合わせた。

文六は柔和な表情に戻り、その笑い皺が人生の滋味を感じさせる男で、駒蔵の所の番頭格と見た。久松は二十の前半で、純朴で血気盛んな様子だ。

二

「へえ、尾花屋さんならよく知ってますよ。亭主のとむらい、あそこで出して貰ったんですから」

小次郎が石田の家へ帰り、水油仲買の店先での出来事と、尾花屋駒蔵のことを話すと、小夏は一も二もなくそう言った。

そして、

「相変わらずなんですねえ、あの親方」

くすくすと笑った。

「いつもああなのか」

小夏はこくっとうなずいて、

「駒蔵さんという人は昔っから有名な男伊達気取りでしてね、曲がったことが大嫌いな人なんです」

「ふむ」

「町内の揉め事は言うに及ばず、遠くの町の悶着でさえも出かけて行って収めちまうんですよ。というのも、あの尾花屋さんは代々とむらい屋なんですけど、駒蔵さんは若い頃それを嫌って家を飛び出しまして、無頼漢の仲間に入っていた時期もあったようなんです。なんでも大昔の江戸の侠客で、幡随院長兵衛という人を崇め奉ってるって聞きましたよ。でも侠客気取りのわりには嫌味がなくって、気性もさっぱりした人なんで、神田界隈じゃ結構人気者なんです」

「なるほど、幡随院長兵衛か……」

駒蔵は正義感の塊のような男なのだなと思い、小次郎は失笑を禁じえない。

浅草花川戸の侠客幡随院長兵衛が、江戸の町で名を馳せたのは慶安の頃の話で、旗本水野十郎左衛門との確執と喧嘩沙汰はつとに有名である。将軍は三代家光であり、今から百五十年以上も前のことになる。

「それにしても、面白い男と知り合ったものだな」

そう言うと、小次郎は小夏へ悪戯っぽい笑みを向けて、

「小夏、おれはああいう手合いと馬が合うのかも知れん」

「あら、それは思いの外ですねえ。旦那と駒蔵さんじゃ、水と油じゃありませんか。男伊達なんか、旦那とはご縁がないと思ってましたけど」

「男伊達がどうこうではなく、つまりおれはああいう純な男が好きなのだな」

「おやまあ、やっぱり変わり者ですよ、旦那は」

小夏がまたくすりと笑った。

「そうかな」

そうして小次郎は隣室へ行き、唐紙の陰で着替えを始め、「これは派手かな」などとひとり言をつぶやいている。

「またお出かけなんですか」

「夕餉(ゆうげ)はいらぬぞ」

「どちらまで」

「今の話の尾花屋だ。駒蔵に招かれてな、酒を酌(く)み交わすことになった」

「んまあ……」

なんと酔狂なと、小夏は開いた口が塞がらない。

三

それから数日後のことである。

日がとっぷりと暮れ、駒蔵と文六は柳原土手をほろ酔い気分で連雀町へと急いでいた。

文六が先に立ち、提灯で足許を照らしている。

過日に執り行った葬儀の礼にと、神田佐久間町の商家に招かれ、もてなしを受けての帰り路である。

右手には神田川が流れ、左手は町の灯がちらほらと見えている。

どうせなら明るい道をと、土手から左へ入って柳原請負地を抜け、小柳町をめざした。

町の入り口に大きな稲荷があり、そこを通り過ぎた駒蔵と文六が同時に歩を止め、どちらからともなく見交わし合った。

「見たか、今の」

「へえ、確と」

駒蔵が踵を返し、文六がそれにしたがう。

大榎の下に若い娘がうずくまり、死人のように動かないでいた。

「もし、娘さん、どうしなすったね」

駒蔵がやんわり声をかけると、娘が空ろな視線をこっちへ向けた。

それは夜目にもわかる美貌の持ち主で、手甲、脚絆に菅笠を持った旅姿である。

しかも武家者らしく、小太刀を携えていた。

娘が武家者とわかり、駒蔵は物腰を神妙にして、

「お顔の色がよくありやせんね」

娘はやつれて疲労の色濃く、目の下には隈（くま）ができていた。

「どうも致しませぬ。休んでいただけです」

かすれてはいるが、きれいな声で娘はそう言い、他人の親切を拒むようにして立ちかけた。そこでめまいがしたのかふらっとなり、倒れそうになった。

駒蔵が危うく支えると、娘はすうっと意識を失った。

連雀町の尾花屋へ娘を連れてきて、布団へ寝かせた。稲荷からここまでは文六が娘を背負ってきたのだ。

駒蔵と文六のばたついた様子に、奥から久松もどてらをひっかけて出てきた。

この家には駒蔵、文六、久松が三人で住んでいて、とむらいの時にはそのつど町内の男衆の手を借りることになっているのだ。

「うへえ、こんな別嬪（べっぴん）、どこで拾ってきたんですか、親方」

久松が仰天すれば、駒蔵は苦々しい顔で叱りつけて、

「拾ってきたとはなんてえ言い草だ、馬鹿野郎」

「へえ、すみません」

「小柳町の大稲荷でな、この人が半分行き倒れみてえにしてたんだ。早く玄竹先生を呼んでこい」

久松に医者を呼びに行かせようとすると、やりとりを聞いていたのか、娘がうっすら目を開け、

「そ、それには及びませぬ。わたくしは病気ではないのです」

無理に身を起こして言った。

「えっ、だったらおめえさん……」

駒蔵がまごつき、小さく喘ぐようにしている娘の容態を見て、

「そうか、わかったぞ」

得心してぽんと膝を叩いた。

それから娘は、文六が甲斐がいしく整えた箱膳の飯を見る間に平らげた。焼き魚に香の物をおかずに、恥じらいながらも二膳を食べ、それでようやく人心地がついたようだ。要するに空腹のあまりに行き倒れになりかけていたわけで、三

日三晩何も食べていなかったのだという。

それというのも、両国の盛り場で掏摸に財布を掏られ、無一文にされたからなのであった。

そして娘は紺と名乗り、さる遠国より尋ね人を探して江戸に出てきたことを明かしたものの、詳しいことは一切語ろうとはしなかった。

食べる前にそれらの事情を語り、食べ始めると武家の作法通りに、黙々と、しかし速い手つきで飯を口に運ぶお紺を、駒蔵、文六、久松はぽかんと呆気にとられたように見守った。

「捨てる神あれば、拾う神ありですね。そこもとのご親切、決して忘れませぬ」

食べ終えると、お紺は改めて駒蔵に三つ指を突いた。

お紺の旺盛な食欲に見とれていた駒蔵が、われに返ったように、「とんでもねえ」と言って手をふった。

「お世話をかけました。それではわたくしはこれにて」

立ちかけるお紺を、駒蔵が止めて、

「お待ちなせえ。こんな夜おそくどこへ行きなさる」

お紺は困ったような顔になり、

「そう申されても、言葉の返しようも……当てなどございませぬ」

「お堂の軒下なんぞで寝たら凍え死にしちまいやすぜ。悪いことは申しやせん。どうかここにお泊まりなせえやし」

「えっ、それではあまりに厚かましゅうございましょう」

「何を言いなさる。男所帯でむさ苦しいかも知れやせんが、遠慮はいりやせんよ」

駒蔵が熱心に言い、文六、久松も厚意の笑みでうなずいている。

「有難う存じます。ではお言葉に甘えて」

主の情けがよほど嬉しかったのか、そこでお紺は思わずそっと泪を滲ませた。

その時、表戸が烈しく叩かれ、店へ出て行った文六が、やがて「ずっぱし、ずっぱし」と意味不明な言葉を発して戻ってきて、

「親方、ずっぱしですぜ」

「な、なんだ、そのずっぱしってな」

「いえ、ですからずっぱしなんで」

「親方、仕事がへえった時の文六さんの気合みてえなもんなんですよ」

久松が補足する。

「けっ、わけがわからねえや。それで、いってえ誰がきたんだ」

「海苔屋のお粂さんがたった今、お亡くなりんなったそうでさ。それでとむれえの相談があるんで、伜さんがすぐにきて貰いてえと」

駒蔵が大きな溜息を吐いて、

「そうかい、亡くなったかい、あの婆さん。長えこと寝込んでると聞いてたが、やっぱりあんべえがよくなかったんだなあ」

「へえ、急にぽっくりと。眠るように亡くなったそうで」

「よし、わかった。三人で出かけようぜ」

二人へそう言っておき、

「お紺さん、いきなりおめえさんに頼むのも気が引けるが、すまねえが留守番をしてちゃ貰えやせんかい」

駒蔵が言った。

お紺がどぎまぎとして、

「あの、待って下さい、それは仕事なのですか……」

「おっと、こいつぁいけねえ。そういやぁまだお知らせしてやせんでしたね、こちとらの稼業はとむれえ屋なんでさ」

「とむらい屋……まあ、そうでしたか」

お紺が納得し、そこで確と留守番を引き受けた。

そして三人が飛び出して行くと、お紺は表戸へ心張棒をかけ、改めて掛行燈(かけあんどん)だけのうす暗い店土間を眺め廻した。

まっさらの早桶が幾つか置かれ、白木の卒塔婆(そとば)なども立てかけてある。

「とむらい屋……」

なんとはなしにつぶやき、お紺はひっそりと立ち尽くした。

四

さらに数日後のことである。

「駒蔵、物騒ではないか」

店に誰もいないので、そう言いながら小次郎が入ってきて、帳場の裏にある部屋を覗いて驚きの目になった。

見知らぬ娘が人形の首だけを畳に置き、その面に筆や刷毛(はけ)を使って化粧を施していたのだ。

小次郎とお紺は気まずい視線を交わし、たがいに少し狼狽した。

そして小次郎は、その佇(たたず)まいからお紺がすぐに武家者とわかり、

「どなたかな。おれは駒蔵と親しくしている牙小次郎と申す者だが」

お紺が居住まいを正して、

「左様でございますか。わたくしは紺と申します。縁あってこちらの主殿に知己を得まして、数日前より厄介になっております」

「ふむ」

小次郎は店土間から部屋へ上がってきて、そこに置かれた人形の首を奇異な目で眺めると、

「これは、何をしているのだ」

お紺のそばに座って問うた。

「死化粧の稽古をしておりましたの」

「死化粧……」

「駒蔵殿より死人(しびと)に化粧を施すよう、頼まれたのです」

「それを引き受けたのか」

「はい」

小次郎が面食らったようになって、

「それは、なんとも……若い身空で死人を相手に、平気なのか」

「老いさらばえ、あるいは病み衰えた死人の顔を、元の明るく元気だった頃のようによみがえらせて差し上げるのです。おぞましくないと申せば嘘になりますが、人は誰もが死するもの。これは大変やり甲斐のあることと存じました」

「……」

お紺の健気さに、小次郎は内心で感心していた。

それから仕事で寺まで行っていた駒蔵が、文六、久松らと帰ってきた。

明日野辺（のべ）送りがあり、文六と久松は小次郎への挨拶もそこそこにその支度に追われ、お紺は一室に籠もって死化粧の稽古に余念がない。

それで小次郎と駒蔵は、奥の一室で向き合った。

「掃き溜（はきだめ）に鶴と申しやすか、こんなむさ苦しい所によくぞと思われたんじゃござんせんか、牙の旦那」

駒蔵がお紺のことを話題にし、行き倒れ同然だったのを助けてやり、なぜかここに居つくようになった経緯を語った。

「遠国とは、どこにいたのだ」

小次郎の問いに、駒蔵は言葉に詰まって、

「へえ、それが……そういうことは一切口にしねえ人なんですよ。向こうから言おうとしねえもんですから、こっちも聞きづらくってそのまんまなんでさ」

「何か事情を抱えているのであろうな」

「だと思いやすがね。けどそういうことはさておき、気立ては悪くねえし、それにお武家だけあって立ち居ふるまいはきちんとしておりやすからね、こっちもつい襟を正したくなるような時もありやすよ。あの人が居つくようになってから、お蔭で家んなかも明るくなりやしたね」

「いつまでいるつもりであろうか」

「さあ、そこだ。向こうから出て行きてえと言い出すまでは、あっしはいつまでもいてくれて構わねえと、そう思っておりやす。義を見てせざるは勇なきなりというところですかねえ」

「おまえの好きな言葉だな」

「へえ」

「それにしても、あの娘は何を秘めているものやら……」

「気になりやすかい」

「うむ」

「なぜだかわかりやせんが、昼のうちはよく出かけておりやすね」

「どこへ行くのだ」

「いいえ、知る由もござんせんよ。けえってきても、向こうは何も言わねえんで。どうやらお紺さんはあっちこっちの盛り場をさまよってるようなんです」

「………」

「実を申しやすとね、若えまだ独りもんの時に、あっしぁこのとむれえ稼業が嫌で家出をしていたことがございやした」

そう言い、駒蔵が昔を語り出した。

「神田じゃ素姓が知れてるんで、浅草の方で好き勝手をやっておりやしたんで。酒と喧嘩に明け暮れて、今思えば手のつけられねえ若造でござんした。それがある時親父が乗り込んでめえりやして、首根っこをつかまえて強引に家へ引き戻されやした」

「………」

「それから三日後に、親父ぁぽっくりと逝っちまったんで……それで死ぬ間際に、おれのとむれえをきっちり挙げて家業を継げと、そう言われやした。親父は自分の死ぬのがわかっていたのか、それを思うとたまらねえ気持ちんなって、すっかり目が醒めやした」

「……」

「人間なんて身勝手なもんですから、そういう自分がその後にいざ人の親になると、血を分けた娘が無性に可愛くって……」

「娘がいたのか」

初めて聞く話なので、小次郎が耳を傾ける。

「家業を継いでから女房を貰いやしたが、女房は娘を産んですぐに産後の肥立ちが悪くて死んじまったんで……それでやむなく男手ひとつで娘を育てやしたが、これも十八んなった時に流行り病いで……それ以来、男やもめを通しておりやしたが、お紺さんに出くわした時、まるで死んだ娘が舞い戻ってきたみてえな、そんな気がしやしたんで。ですからお紺さんを見てると、まるで他人のような気がしねえんですよ」

「わかったぞ。それでここへ置く気になったのだな」

「へえ、まあ」

「……」

「けどなあ、あの人だっていつまでもここにいるとは思えねえし……」

駒蔵が寂しそうな目になる。

「うむ、いつかは別れはくるのであろうが、それまでは……駒蔵、おまえは情に厚い男なのだな」

「滅相もございません。こっちの勝手な思い込みですから、お紺さんにゃさぞ迷惑でござんしょうよ」

五

それからひと廻り（七日間）ほど経ち、お紺が死化粧の腕を見せる日がめぐってきた。

神田岩本町（いわもとちょう）の福田屋（ふくだ）という呉服店で、そこの内儀のお関（せき）というのが死んだのだという。

「お紺さん、福田屋さんてのはどうやら名代（なだい）の大店らしい。そうなるってえととむれえも大掛かりなもんになるはずだ。ひとつ仏に化粧をしてやってくれやせんか。自信のほどはどうですね」

「はい、まあ、なんとか」

お紺が曖昧に答える。

「だったらお願えしやすよ」

駒蔵に頼まれ、お紺は緊張しながらもその気になって、

「精一杯やってみます」

と言った。

それで久松を留守番にして、駒蔵、文六の三人で岩本町へ向かった。

お紺の手には、化粧道具を入れた巾着が提げられている。


名代だけあって福田屋は大層な大店で、全体で七百二十坪ある岩本町の、半分近くの土地を擁していた。

三人は裏手へ廻り、駒蔵が家人に尾花屋を名乗ってなかへ通された。

そのまま女中頭の案内で廊下を進み、すぐに死者との対面かと思いきや、「ここでちょいとお待ちを」と言われ、一室へ招じ入れられた。女中頭の態度が妙に刺々しいので、三人とも不可解な思いで見交わし合った。

そして所在なくそこで待たされていると、障子に何人もの人影が映り、「どうも

大変お手間を取らせまして」と言う主らしき男の声が聞こえた。人影は町方同心と奉行所抱えの医者のようで、主が送って行きながら、二人の袂に心付けを落としているのが見えた。

そして役人たちを送り出した主が戻ってきて、一室へ入ってきた。

「尾花屋さんでしたね」

そう言う主は福田屋徳右衛門といって、三十前後の顔の色艶のいい男だ。世馴れた感がして、いかにも如才ない商人風に見えた。

お紺はさり気なく徳右衛門を見ていたが、あまり好もしくない人物だと思った。

このたびは御愁傷様でと、駒蔵が紋切型の挨拶をすると、徳右衛門は神妙にそれを受けながら、

「とむらいの段取りなんですがね」

とせっかちに語り始め、

「今夜通夜をやっちまって、明け六つ（朝六時）に野辺送りということにして貰えませんかね」

駒蔵が面食らったように、

「な、なんだってそんなに急ぎなさるね。尋常なら通夜は明晩、野辺送りは明後日

という段取りでござんすよ。ましてや今は冬ですからね、そんなにばたばたすることはありやせん。こちらほどの大店でしたら、弔問の方々も大勢お出でんなるはずだ。あっちこっちに知らせるのだって、半日や一日はかかりまさあ、そんな大急ぎでとむらいをやったら世間に笑われますよ」

徳右衛門が面白くない顔になって、

「商いの都合がありましてね、明日の昼過ぎに尾張様の姫君がお出でんなることになってるんですよ。雲の上の人にとっちゃ、下々の不幸なんて関わりありませんからね。それにこっちも商売第一ですから、何事もなかったような顔で姫君をお迎えしたいんです」

「お内儀さんがお亡くなりんなったばかりだというのに、何事もない顔ができるんですかい」

駒蔵に突っ込まれると、徳右衛門は不快を露にして、

「尾花屋さん、それはおまえさんの立場で言うことじゃありますまい。困りますね、こっちの都合に合わせてくれなくちゃ」

「……」

仏頂面になる駒蔵を、文六がなだめて、

「親方、ここはこちらの旦那の仰せにしたがった方がよろしいかと」

「……」

駒蔵はへそを曲げたようにして、押し黙っている。今にもほかのとむらい屋に代わってくれと言わんばかりだ。

そこをもの馴れた文六が、

「それじゃ旦那、仏様にお引き合わせを」

徳右衛門がうなずき、そこで終始無言でいるお紺を訝るように見て、「こちらのお嬢様はどちら様で」と文六に聞いた。

それには駒蔵がぶっきら棒に答えて、

「こちらはお紺さんといって、仏様に化粧をして貰おうと思って連れてきたんでさ」

「死化粧ですか、そんなものは……」

言いかけた徳右衛門の視線が、お紺のそれとぶつかった。

お紺はまっすぐに徳右衛門を見ている。

だが先に視線を逸らしたのは徳右衛門の方で、

「まっ、いいか……女ですからね、化粧をして旅立たせてやりましょう」

ようやく承諾した。

六

「これは……」

奥の間へ通されて内儀の骸と二人だけになり、その死顔を見たお紺が思わず声に出してつぶやいた。

内儀のお関の歳は徳右衛門より二つ三つ下と思われるが、痩せこけてしなびてしまい、かなり老けて見えた。目鼻立ちは悪くないのだが、お関はいかにも幸薄い感がした。

駒蔵と文六は席を外し、別室で徳右衛門ととむらいの打ち合わせをしている。

徳右衛門が語ったところによると、昨夜、お関は蔵へ反物を取りに入り、二階座敷から下りる時に梯子を踏み外し、床へ落ちて首の骨を折って死んだのだという。

それで町方同心と医者が検屍にきていたのだが、不審は持たれず、とむらいの許可も下りたのだという話だ。

（それにしても……）

なのである。

お関の首の骨が折れたのは本当のようで、頭が不自然にやや横に傾いている。

お紺が瞠目したのは、その苦悶の形相だった。

かっと目を見開き、唇は歪んで舌をはみ出させている。その目は怨念が宿っているかのように凄まじく、鬼気迫るものがあった。

お紺が手を伸ばし、瞼を閉ざそうとしてもすぐにまた見開かれる。何度かそれをくり返すうち、ようやく観念したようにお関は目を閉じた。

お紺の口から、安堵の吐息が漏れる。

巾着の紐を解き、まず湿った手拭いでお関の顔を拭いてやった。頰がげっそりこけているから、そこでがくっと手拭いが落ちた。

(この人、幸せなお内儀ではなかった)

そう思った。

顔の汚れを落とすと、早速化粧にとりかかった。

あまり濃くしてはいけないから、うっすらと頰紅を塗り、唇に紅を差す。唇はひび割れていて、ふだん化粧などしていないと思われた。眉毛も不揃いなので、握り鋏で切り揃えてやる。

そうしているうちにお紺の視線が何気なくお関の首筋へ流れ、そこでぎょっとなった。

襟元から覗く胸近くに、痣が見えたのだ。

それは梯子から落ちたものとは思えず、痣は緑色から黄色に変わりつつあった。

打ち身や打撲の痣は最初が赤、それが一日か二日で青紫、やがて緑、黄色と変化するものだ。

お関のそれは恐らく死ぬ四、五日ほど前につけられたものに違いない。

(これは、いったい……)

お紺が慄然となった。

お関の躰を調べたくなり、とっさに辺りに目を走らせ、気配を窺った。

とむらいの打ち合わせはまだ済んでいないようだ。

お関の胸元を広げると、痣はそこだけであった。貧弱な乳房が晒される。思い切って帯を解き、着物を広げて下肢を見た。左右の横腹、腿に無数の痣があった。

次いでお関の躰を反転させると、そこでお紺は悲鳴を上げそうになった。背中一面に、笞で打たれたような痕が数条に亘ってついていたのだ。それはまるで、打擲と拷問を受けた罪人のようではないか。

(これは違う。梯子から落ちたのではない)

お紺は確信した。

そこへ打ち合わせを終えた駒蔵と文六が、奥の間へ入ってきた。

死化粧したお関の顔を、文六が奇声を上げて覗き込み、

「ひゃあ、こりゃまた……こんなにきれいな人でござんしたか」

「ああ、見違えたな。お紺さんの死化粧の腕は確かなようだ」

駒蔵も得心して、

「お紺さん、話し合いはつきやしたぜ。一旦戻りやしょうか」

お紺が気になる目になって、

「それでどうなりましたか、とむらいの段取りは」

「向こうが折り合ってくれやしてね、こっちの言う通りになりやしたよ」

文六が声をひそめて、

「ここの旦那、いくらなんでも事を急ぎ過ぎですよね。そうでなくとも、とむらいを出すについちゃこちとらやることがいっぺえあるんですから。今晩通夜だなんて、間に合うわけねえんだ」

「……」

よかった、とお紺は内心で思った。

明日が通夜なら、それだけ時を稼げる。いろいろ調べることができる。本当のことを突きとめてやろう。そうしないと……。

(このお内儀が浮かばれない)

お関の顔に白布を被せ、そっと合掌しながらお紺は決意していた。

七

お紺の調査は、まず福田屋の隣り近所の聞き込みから始められた。

あれから駒蔵らと一旦は尾花屋へ戻ったものの、彼らはすぐにとむらいの支度におおわらわとなったから、お紺が再び出かけても不審は持たれなかった。それにふだんからお紺は、行く先を告げずに外出をしているのだ。

その折、小太刀を携えることは忘れなかった。どんな時でも、外出には小太刀を持って出るのが習い性のようになっていた。それにはある事情があるのである。

お紺は福田屋の数軒先にある手打ち蕎麦(そば)屋へ入った。

気さくな感じの女将がお二階へどうぞと言うのを断り、入ってすぐの長床几にかけ、おかめ蕎麦を頼んだ。

この頃の江戸の町の蕎麦屋は屋台売りが大多数のように言われているが、それでもこうした店構えの蕎麦屋だけでも三千五百軒以上はあったという。ともかく江戸っ子というものは一も二もなく蕎麦好きなのだ。

さり気なく見ていると女将は話好きな女のようで、常連客を相手にぽんぽんと明るく喋っている。それで福田屋のことを聞こうとするが、なかなかきっかけがつかめない。江戸にきてからというもの、こういうことには馴れているから、お紺は焦らず機会を待つことにした。

そうこうするうちに、小女がおかめ蕎麦を盆に載せて運んできた。

湯気の立った蕎麦の上に、櫛形（くしがた）かまぼこ、湯葉（ゆば）、松茸（まつたけ）、焼（や）き麩（ふ）などが、おかめの顔に似せて配置してある。

お紺がそれを頰笑ましい思いで眺め、箸を取ったところへ、女将がそばまできて暖簾を分けて表を窺い、

「おまえさん、通夜は明日らしいけど早いとこ福田屋さんへ行っといでよ。香典（こうでん）忘れるんじゃないよ」

料理場にいる亭主に向かって言った。

亭主は「わかってるよ」と生返事だ。

お紺がその機を逃さず、

「あの呉服屋へきてみましたら、閉まっていたのでびっくり致しました。どなたが亡くなられたのですか」

惚けて聞いてみた。

すると女将がすかさず、

「そうでしたか。実は福田屋さんのおかみさんが、ぽっくりお亡くなりになっちまったんですよ」

女将はお紺の脇に置かれた小太刀を見て、相手が武家者とわかり、物腰に気遣いながら言った。

「まあ、それは……内儀殿はわたくしも店で何度か見かけたことがありますが、とてもおとなしそうなもの静かな人でしたね」

当てずっぽうに言ってみた。

「ええっ、あのおかみさんが店に？」

女将は驚いた顔になり、

「んまあ、そんなことがあったんですか」

「え、ええ……」

　嘘がばれそうで、お紺がどぎまぎする。

「そんなことは滅多にないことなんですよ。あそこの大旦那は、いつもおかみさんを店に出さないようにしてたんですから」

「それはどうしてでしょう。お内儀は引っ込み思案だったのですか」

「いいえ、そうじゃないんです」

　女将は辺りを憚るようにして、

「ここだけの話ですけどね」

「はい」

「あそこのおかみさんは女中上がりなんで、大旦那はそれで世間に気が引けて客相手をさせないとか言われてたんです。なんせあれだけの大身代ですから、かなりご身分の高い人たちが出入りしますからね、そういう方々におかみさんは見せられないって、大旦那はそう思ってたみたいなんですよ」

「……」

「だからあのおかみさん、いつも家のなかでひっそりと暮らしていて、こんな近くにいるあたしたちでさえなかなか会うことはなかったんです。たまに見かけると寂しそうな顔で挨拶されましてね、あたしは気の毒に思ってましたよ」

「……」

商才に長け、いかにも如才ない様子の福田屋徳右衛門の顔を思い浮かべ、お紺は不快な思いがしてならなかった。死顔しか知らないが、お関がそれほど表へ出してみっともない女とは思えないし、女房にしておきながらそこまで踏みにじってよいものかと、義憤さえ覚えた。

「福田屋さんに子供はいないのですか」

お紺は話題を変えてみた。

「あの大旦那は子供には縁がないみたいですねえ。前のおかみさんも授かりませんでしたから」

「まあ、では今のお内儀は後添いだったのですか」

「前のおかみさんは病いでぽっくりです。それから今度でしょう。女房に縁が薄いんですかねえ、あの旦那は」

「今のおかみさん、なんで亡くなられたんですか」

お関の死を、徳右衛門が世間になんと言っているのか、それが知りたくなった。

「蔵んなかで、二階から落ちたって聞きましたけど。なんですかねえ、はかないじやありませんか」

「そうでしたか」

そのことは偽ってはいないらしい。

そこへ数人の客が賑やかに入ってきたので話は打ち切られ、女将は明るい笑顔で迎えに出た。

それ以上居座って聞き出すのは不審に思われるから、お紺は代金の二十四文を小女に払って店を出た。

その銭はあらかじめ駒蔵がくれたものだった。掏摸に掏られて一文もなかったから、ご不自由でしょうと駒蔵が一分銀を二枚くれた時は、泪が出るほど嬉しかった。しかしその大恩ある駒蔵に、お関の死にまつわる疑惑をまだ打ち明けるつもりはなかった。きちんと証拠が揃い、地固めできぬうちはと、お紺はそういう思慮深い気性なのだ。

お紺が蕎麦屋を出たところで、向こうからやってきた女がその姿を目にし、眉間に皺を寄せながらすっと物陰へ入った。

それは当初にお紺と駒蔵たちが福田屋へ行った時、刺々しい態度を取った女中頭のお力(りき)という女だった。

お力は三十前後で、色気のない仕着せを着てはいるが、女狐（めぎつね）のような妖艶な顔つきに、豊かな胸の持ち主である。

そこいらを尚もふらつくお紺を、お力は険（けん）のある目でじっと見守った。

八

日暮れが近づくなか、お紺は神田界隈を抜けて本所へと向かっていた。

新シ橋（あたらしばし）から渡し船に乗り、神田川を下り、両国橋を通って大川から竪川（たてかわ）の流れへ入って行く。

暮れ六つ（六時）を過ぎると渡し船の運航は禁止となっているから、行きはよいものの、帰りは神田まで歩かねばならない。それも承知の上だった。

渡し船は客数が少なく、お紺の頬に当たる川風は冷たかった。今は梅が咲き誇り、船上にいても河岸のどこからかその高潔な香りが漂ってきていた。

そして薄暮の空には、早々と三日月が昇っているのだ。

それを見て、お紺は胸を切なくした。三日月には独特の思い入れがあった。

お紺には本来やらねばならぬことがあるのだが、お関の死の疑惑に遭遇し、そこから離れられなくなっていた。

それは福田屋徳右衛門という男に非人間的な臭いを嗅いだからで、お関の死が故意なのか偶発なのか、その真相がつかめない限り、お紺の胸は収まらないのだ。しかしお関のとむらいを急ぐ徳右衛門は、限りなく疑わしいのである。

あれから二、三の聞き込みをして廻り、福田屋夫婦の輪郭がしだいにわかってきた。

福田屋の檀家(だんか)や下職の仕立屋などをつかまえての聞き込みは、かなりの収穫があった。

仕立屋というのは、着物はむろんのこと、羽織、袴、帯などの裁縫を請負うもので、その店は福田屋と十年ほどのつき合いで、内情に詳しかった。そこの主は常々、徳右衛門の内儀に対する態度に不審を抱いていたのだ。

それによると、こうである。

前の女房が死んで一年ほど経ち、徳右衛門は女中頭だったお関を正妻の座に据えた。二年前のことだ。前妻は病気がちな女で、死ぬ二、三年前から床に臥(ふ)しがちであり、徳右衛門はその目を盗んでお関と関係を持っていたらしい。しかし正妻になったものの、お関は決して幸せを得たとは言い切れず、店の内外のことは一切徳右衛門が握り、暴君そのものであったという。

徳右衛門は外面はいいが内面の悪い男で、お関などはいつまで経っても下婢扱いで、しかし元女中を女房に据えたのだから、そういう主にはよくありがちなことで、それとお関の躰に無数にあった痣の謎の解明にはならない。

そこまでいくと夫婦間の暗部になるから、もはや徳右衛門の口からそれを語らせるしか手立てはないのだ。

お関の実家が本所南割下水だと聞き出し、お紺はそこへ行こうとしていた。身内ならもう少し突っ込んだ話を聞いているかも知れないし、それにお関の実家に対して徳右衛門がどんな有様であったか、それも知りたくなったのである。

南割下水のお関の実家を訪ね、お紺は暗然たる気持ちになった。

この周辺は捨て扶持同然の貧乏御家人が住む一帯で、荒れ果てた小屋敷が並んでおり、お関の実家の長屋は背後が小さな崖、横手は沼地になっていた。そこに投げ捨てられたごみの山が腐敗臭を放っている。

長屋も半分は壊れかけていて、灯もないところから、廃墟のようにも見えた。

よくよく見ると、そのなかに一軒だけ灯明りのついた家があり、寄って行くと、煤けた油障子に「はきもの」と記されてあるから、お関の実家に間違いないものと思われた。

仕立屋の口から、お関の実家は履物職人だと聞かされていたのだ。

そっと油障子を叩いた。

暫く応答がなかったが、ややあって心張棒が外され、顔色の悪い、ぼろを身にまとった娘が顔を出した。

家のなかはほかに家人の姿は見えない。

「お関さんの妹さんね」

戸口でお紺が問うた。

仕立屋から、実家にお関の妹がいると聞かされていた。姉妹の母親はもっと以前に他界したという話だ。

「そうです」

お紺の片手に提げられた小太刀を、娘は怕いように見て言った。

二十歳は過ぎていると思われるが、発育が悪いままきてしまったのか、子供のように背丈が小さい。髷もまともに結ってなく、大雑把に後ろで束ね、どぶ鼠のように黒ずんだ顔は垢じみていた。

「お父様の蔵三（くらぞう）さんは？」

　その名も仕立屋から聞いたものだった。

　娘はすぐには言葉を発せず、怯えたようにお紺のことを見ていたが、

「お父っつぁんはとむらいの手伝いです」

　つっけんどんな口調で言った。

「お関さんのとむらいに行ったのね」

　娘はためらうようにしてうなずき、

「食べるものを貰ってくると言ってました。でもそれは野辺送りが済んでからで、お父っつぁんはそれまで福田屋の炭小屋で寝泊まりだそうです」

　嫁の父親を炭小屋に寝かせるのか。

　お紺は憤然となった。

「ではあなたはそれまでここに一人で？」

「ええ、食べるものがくるまで待ってるんです」

　素直に答える。

　よく見ると、娘は桃の花のような可愛い唇をしていた。

それがおずおずと、

「おまえ様はどなたですか」

と尋ねた。

「怪しい者ではありませんよ。ちょっとしたお関さんの知り合いなの。死んだと聞かされて、ここへきてみたのです」

「それは失礼をしました。じゃあ、入りますか」

「……」

家のなかは暗くて湿気臭く、がらくたが所構わず積んである。恐らくそこいらに落ちていたものを拾い集めてきたようだ。蔵三の仕事である履物はどこにもなく、その道具も材料も何もないから廃業したのに違いない。それはまさに貧困の極みで、娘はろくにものを食べていないのだ。

お紺は掏摸に財布を掏られ、三日三晩ものが食べられなかった時のことを思い出した。

娘が不憫になって、それでお紺は表へ誘い出すことにした。

割下水の朽ちた土塀のそばに蕎麦、うどんの屋台が出ていたので、お紺はそこへ娘を連れて行き、好きなものを食べさせてやった。

　娘は屋台の老爺に天ぷらうどんを頼み、お紺にすみませんと言って頭を下げた。そして種（たね）という名を名乗った。

　二人掛けの床几に並んで座ると、お種は小さいから沈んだようになった。

「お関さん、福田屋さんと一緒になってからは、あなたとお父様の面倒は見ていたの」

　老爺を憚り、お紺が小声で聞いた。

「ええ、よく面倒を見てくれました。それがなかったら、あたしもお父っつぁんも飢死にでした。お父っつぁんは足が悪くなってからは、仕事をやめちまったんです。毎月姉さんの使いの人がきて、おあしを持ってきてくれましたけど、姉さんはとうとう一度も帰ってきませんでした。それであたし、会いに行ったことがあるんですけど、姉さんと話してるとこを旦那さんに見つかってこっぴどく叱られたんです」

「妹が会いにきて、どうして叱られるの」

「縁を切ったはずだって言われました。だから姉さんは、旦那さんの目を盗んでは仕送りをしてくれてたんです」

　冷めた野菜の天ぷらに熱い汁をぶっかけたうどんが、お種の前に出た。

それで老爺は気を利かせ、屋台から離れて行き、そこでしゃがんで煙管をやり出した。

「食べていいですか」

「ええ、どうぞ」

お種は浅ましくも、がつがつと天ぷらうどんを貪り食った。唸るような声を上げ、喉を鳴らせ、どんぶりに食らいつかんばかりの勢いだ。

お紺は胸が痛くなり、その様子を見ないようにしながら、

「姉さんに会いに行った時、どんな話をしましたか」

「姉さん、こんな貧乏暮らしでもいいから、あんな家を出て割下水へ帰りたいって言ってました」

「旦那さんとうまくいってなかったの」

「……………」

「そうではないのですか」

お種は一点を見据えてかぶりをふり、

「そんなんじゃないと思います」

「えっ」

「まるで犬か猫みたいな扱いだって、姉さん言ってました」

「…………」

「それに旦那さんはとっても乱暴な人で、よそで気に入らないことがあると姉さんに当たるそうなんです。人の見てないとこで殴られ蹴られて、あたしが行った時も足腰が立たないらしく、姉さんはものにつかまって歩いてました。だから、つらいって。地獄にいるみたいだって。姉さんは嫁じゃなくて、きっと旦那さんの不満の捌(は)け口にされてたんだと思います」

お種はずるずるっと音を立てて最後の一滴まで汁を飲み干し、怒ったようにどんと空のどんぶりを置いた。そして怨念の目をお紺に向けて、

「姉さん、どうして死んだんですか」

「…………」

「死ぬはずなんてないんです。きっとひどいことされて、あの旦那に殺されたんですよ」

「…………」

九

夜道を急いでいた。

きた時とおなじ道を辿り、お紺は柳原土手を西へ向かっている。

今まで外出はよくしていたが、こんなに暗くなったのは初めてで、駒蔵たちに心配をかけてはいけないと、焦りの気持ちも湧いていた。

そして帰ったら、駒蔵に福田屋徳右衛門の非道を訴えようと、心に決めていた。お種の証言を得られたことが、お紺をそういう気持ちにさせたのだ。義侠心の強い駒蔵のことだから、これをどう裁くか、お紺は強い関心を持っていた。

土手のどこかで、夜鷹と客の上げる笑い声が聞こえている。女のそれは、媚(こび)を含んだ甘い嬌声だ。

和泉橋を右手に見てほっとした。もう少しで連雀町である。

歩を速めるお紺のその前に、不意にばらばらっと数人の男たちが立ち塞がった。

いずれも町のダニと呼ばれるような悪相の無法者たちで、その数は五、六人だ。

それぞれが腰に長脇差をぶち込んでいる。

仕切り役らしき中年の男が、兇悪な目を光らせてお紺の前へ躍り出た。

蝮(まむし)を思わせる三角の面相で、それが品性の悪い目をお紺の肢体に這わせ、

「お嬢ちゃん、幾らなんだ」

「なんですと」

毅然(きぜん)としてお紺が問い返す。

「ちょいと趣向が変わっちゃいるが、夜鷹なんだろう、おめえ」

「そこを退きなさい。無体(むたい)を申すと只(ただ)ではおきませぬぞ」

お紺が気丈に言った。

「いいねえ、そのきりっとしたところがたまらねえや。おれたちみんなの相手をして貰うぜ。そこに横になって脚を広げなよ」

蝮顔の男と仲間たちがげらげらと下品な笑い声を上げ、ざざっとお紺に近づいた。

お紺が身構え、すらりと小太刀を抜く。

すると無法者たちも一斉に長脇差を抜き放った。そこに凄まじい殺気が感じられる。どうやらそれまでの戯れ言は見せかけで、お紺に危害を加えることが狙いのようだ。

小太刀を正眼に構え、お紺は取り囲んだ男たちへ鋭い目を走らせた。

その姿には一分の隙もなく、お紺を小娘とあなどっていた男たちは重苦しい圧迫感を受けていた。

「どうした、てめえら、やっちめえよ」

蝮顔が煽って吠えた。
二、三人が汚い罵声(ばせい)を浴びせ、長脇差を突き立てて襲いかかった。
きーん。

その白刃をつづけざまに薙(な)ぎ払っておき、お紺がすばやく横に移動した。

お紺の動きにつれ、男たちも移動する。

しだいに男たちの目が熱を帯びてきて、ぎらぎらとした殺意に変わってきた。こういう連中は憎悪に火がつけば、すぐに狂犬と化するのだ。

「くたばれ」

蝮顔が長脇差を腰溜めにし、お紺に突進してきた。

お紺がすっと身を引き、小太刀を迷わず上段からふり下ろした。

肉を断ち切る音がする。

「ぎゃあっ」

蝮顔の口から、この世のものとは思えぬ絶叫が上がった。利き腕が手首から切断され、長脇差を握ったままのそれが血しぶきを上げてぶっ飛び、神田川の闇に呑み込まれた。

残った男たちが慄然となり、二人ほどは蒼白で動けなくなったが、あとの連中がしゃかりきにお紺に殺到しようとした。

そこへましらのような黒い影が飛び込み、抜く手も見せずに大刀を閃かせた。

呻きと悲鳴が上がった。襲撃の男たちが顔面や肩先を斬られ、見る間に血まみれになって転げ廻った。

それへ大刀を向けて立ったのは小次郎で、無法者たちは蝮顔を残し、怖れをなして逃げ散った。

蝮顔は失った片腕を追い求めるかのようにして、泣き叫び、恐慌状態で草むらを這いずり廻っている。

小次郎とお紺が顔を見合わせた。

「そこもとが帰ってこぬと駒蔵たちが騒ぐのでな、探しに出たところだ」

「それは……」

お紺が恐縮したように一礼した。そして血刀を懐紙で拭い、鞘に納めた。

「どうした、何があったのだ」

小次郎の問いに、お紺はこれまでのことを包み隠さず語った。

福田屋お関に死化粧を施したものの、その躰につけられた無数の痣に疑惑を抱き、亭主の徳右衛門の周辺を調べてみた。すると徳右衛門がお関にひどい仕打ちをして、死に至らしめたらしきことが判明した。そればかりでなく、お関の身内にも冷たくしていたから、徳右衛門の非道ぶりをこれから駒蔵に話し、暴いてやるつもりだと、お紺はそこまでを打ち明けた。

「徳右衛門という男、裁かれた方がよいようだな」

小次郎が言った。

「わたくしもそう思います」

「しかしよくぞそこまで……それは何か、そこもとの正義心なのかな」

「わたくしにもわかりませぬ。恐らく知らぬ間に死人と対話をしていたのです。お内儀がわたくしに尽きせぬ怨みを訴えたのでは」

「面白いことを言う」

「わたくしは真剣でございます」

お紺の真摯な目を、小次郎は面映いように受けながら、

「しかし事はそれほど容易ではないようだ。この無法者には何やら含むところがあ

ろう。見ているがよい」

「えっ」

　小次郎が蝮顔に屈んで髷をつかみ、いきなりつづけざまにその頬に平手打ちを食らわせた。

　その時、蝮顔は残った片腕を使い、手拭いの一方を口にくわえ、切断された手首を懸命に縛りつけて血止めをしていたが、ちょっとした暴力にも過敏になっていて、ひいひいと泣き声を上げた。

「おまえ、誰に頼まれてこの娘を襲った」

「知るか、誰でもねえ。ちょいとからかっただけじゃねえか。それなのにこんなひでえことをしやがって」

「言わねば、もう片方の腕も失うことになるぞ」

「やめろ、それだけはやめてくれ」

　蝮顔は恐怖の形相だ。

「では申せ」

「お力だ」

「なに」

「福田屋の女中頭のお力に、その娘を目茶苦茶にしてやれと言われた」

「おまえとお力とはどういう間柄だ」

「お、おれぁお力の間夫よ。お力は福田屋の旦那とひそかにできていて、そのうち後添えに納まるはずだ。そうすりゃおれぁ左団扇なんだ」

「お関を死なせたのはお力ではあるまいな」

「違う、それは違う。ありゃ旦那の仕業だ。詳しいことは知らねえが、お力からそう聞かされた。本当だ。おれぁそれ以上のことは知っちゃいねえんだ」

「………」

小次郎がお紺にふり返り、無言で視線を重ねた。

お紺は青い顔で蝮顔の話を聞いていたが、ある決意を固めていた。

「牙殿、これは駒蔵殿に話すまでもなく、わたくしが決着をつけまする」

「わかった。おれもつき合おう」

十

お関の遺体が横たわったその横で、徳右衛門はお力と媾っていた。

お力は真っ白な肢体を晒し、豊満な胸を波打たせ、女盛りの果てない欲望を徳右衛門にぶつけている。そのよがり声があまりに高いので、徳右衛門は片手でお力の口を塞ぎ、そうしながら烈しく突き上げている。

男が豊かな乳房に吸いつき、感極まった女が諸手(もろて)を上げた。その手の先が死人の顔に触れて、はらりと白布が外れた。

お力がふっと視線を流すと、お関の首がごろりとこっちを向き、目と目が合った。

「ううっ」

お力が思わず怖気(おぞけ)をふるう。

徳右衛門はそんなことはお構いなしで、死人の前で媾うことがこんなによいものかと、昂りは増すばかりだ。休むことを知らずに突きまくり、お力もすぐに忘我の境地へ引き戻されて喜悦をつづけた。

「おまえたちのしていることは、まるでけだものだな」

隣室から小次郎の声が聞こえた。

徳右衛門がぴたっと動きを止め、ぎょっとした顔でお力と見交わし合い、信じられないという目になった。そして二人は脱ぎ捨てた着物を慌てて引き寄せ、身にまとった。

唐紙がすうっと開き、小次郎とお紺が入ってきた。

徳右衛門は驚いて二人を見ると、視線を泳がせ、懸命に取り繕って、

「な、なんですか、おまえさん方は。人の家へ無断で押し入って、物盗りなら人を呼びますよ」

「呼んでみろ、さっさと呼ぶがよい」

小次郎が徳右衛門を見据えて言った。

お力は震える手で着物に間に合わせの細帯だけを締め、その隙に出て行こうとする。

そのお力の前に、お紺が小太刀を抜いて畳にざくっと突き立てた。

「ひいっ」

お力が縮み上がり、その場にへたり込む。

徳右衛門はお力を庇うようにして、

「おまえさんはとむらい屋の人だね。これはいったいなんの真似だね」

「おのれの胸に聞くがよい」

凛然としたお紺の声だ。

「なんだって」

「嫁としてのお関殿に、あなたはこの二年間虐待をつづけてきた。それはまるで家畜をいたぶるような非道でしたね」

「何を証拠にそんなことを。女中上がりの気の利かないお関みたいな女を、天下の福田屋の嫁にしてやったのはこのあたしなんだ。感謝こそされ、非道などと言われる筋合いはないね」

「ではこれはなんですか」

お紺がやおら布団をめくり、お関の死装束の帯を解いて前を広げた。

そこに無数にある痣を見て、小次郎も表情を険しくする。

徳右衛門が動揺して目を逸らし、

「あたしの知らないことだね。お関が勝手にどこかでぶつけでもしたんだろう。わかったぞ、そんな言い掛かりをつけて二人してあたしをゆする気だな。そうはさせるものか。そんなことをしたら、恐れながらと訴え出てやる。それが嫌ならとっとと出てお行き」

「盗っ人猛々(たけだけ)しいとは、まさにおまえのことだな」

小次郎が鼻で笑って言うと、徳右衛門は負けじと反撥して、

「おまえ様はなんですか。どういう立場でこのあたしにものを言ってるんだね。い

いですか、ご浪人さんにはわからないだろうけど、あたしの後ろには尾張家がついてるんだ。いいや、尾張家だけじゃない、大旗本のお歴々も味方なんですよ。このあたしに指一本でも触れたら、とんでもないことになりますからね。後悔したって遅いんだ」

「ほざくのも大概にしろ」

小次郎がひと睨みして徳右衛門を黙らせ、怯えて小さくなっているお力に目を転じて、

「おまえは何もかも知っておろう。助かりたかったら、包み隠さず申せ」

お力がきらっと目を光らせ、

「た、助かるんでございますか、あたしは」

「おまえ次第だな。おまえがお関を死なせたわけではあるまい」

「もちろんですよ。助かるんならお話しします。旦那さんは夜も昼もおかみさんを打擲しておりました。死んだのはその度を越したからなんだと思います」

「お力、何を馬鹿な、よさないか」

止める徳右衛門を、お力はふり払って、

「土蔵の二階で折檻(せっかん)しているうちに、おかみさんは下へ落ちたんです」

「おまえがその場にいたわけじゃあるまい。あれは事故なんだ、あたしから逃げようとしたお関が足を踏み外したんだよ」

「それは殺しと変わらぬな」

小次郎が冷たい目を向け、徳右衛門に言った。

徳右衛門は逃れたい一心で悪あがきをし、お力に逆上して、

「お力、おまえ、よくもこのあたしを裏切ったね。もうおまえなんかいらない、出てお行き」

「旦那さんは罪人なんですよ、おかみさんを殺したんです」

お力が決めつけた。

「福田屋、とむらいを急がせたのはそのためなのですね。都合が悪いから早く葬ろうとした。そうですね」

お紺に詰め寄られ、徳右衛門は悄然と両手を突き、声を震わせながら、

「こんなはずじゃなかった……あたしは尾張様御用達（ごようたし）の、栄えある呉服店の主なんだ。なんとかならないものか、なんとか……」

欲望に歪んだ顔を上げ、小次郎とお紺を交互に見て、

「どうですか、金でその口を塞いじゃくれませんか。希（のぞ）み通りの金高を言って下さ

い、千両でも二千両でも思いのままだ」

小次郎の鉄拳が徳右衛門の頰に炸裂した。

「あっ」

徳右衛門はうつ伏せになって鼻血を拭いながら、それでも小次郎に取り縋るように、

「あたしをお縄になんかできるはずがない。あたしは喪主なんだ。喪主がいないとむらいなんかあろう道理がないじゃないか」

小次郎が呆れたようにお紺と見交わした。

するとその時、隣室でごとっと物音がし、控え目な男の咳払いが聞こえた。

「そこにいるのは誰だ」

小次郎が問うた。

お紺が緊張の目になる。

そろそろと唐紙が開き、すり切れた藍微塵の袷にぼろぼろのどてらをひっかけた、身装の貧しい老いて痩せた男が顔を出した。

それを見て、徳右衛門がとたんに唾棄すべきような顔になる。

「何者だ、おまえは」

そう言う小次郎へ向かい、男はきちんと叩頭すると、

「へえ、あっしぁそこにいる仏の父親で蔵三と申しやす」

それを聞いて、お紺が目を見開いた。

徳右衛門が不快な顔を向け、

「蔵三、なんでここへ。あんたは座敷へ上がっちゃいけないって、あれほど言ったじゃないか」

「ふん、あっしの我慢もこれまでだ。娘の父親なのにどうして炭小屋なんだい。馬鹿にしやがって。とむらいでごたつくのは嫌だから黙ってたけど、今の話を聞いて頭に血が上ったぜ。よくもひでえことをしてくれたな。あんたは娘の仇じゃねえか」

そう言われると、徳右衛門は一言もなく押し黙った。

蔵三は小次郎へ向かって再び頭を下げ、

「お武家様、この人でなしの罪をよくぞ暴いてくれやした。これで娘も浮かばれやすよ。心からお礼申し上げます」

「うむ」

「明日からのとむれえはあっしが仕切りやすんで、この野郎を突き出してやって下せえやし」

「そうしよう」

その間に、お力が蚊の鳴くような声で「それじゃあたしはこれで」と言い、逃げるように出て行きかけた。

お紺がすばやく動いてその肩をつかみ、

「お待ちなさい、その方の間夫から話は聞きましたよ。福田屋のことを調べているわたくしを、襲わせましたね」

お力がうろたえて、

「そ、それは……ご勘弁下さい、あの時は何もわからなくって……」

徳右衛門がぎろりとお力を見て、

「間夫だって？　そんなのがいたのかい。おまえはなんてうす汚い女なんだ。この腐れ阿魔が」

口汚く罵った。

それには厚顔を決め込むお力に、小次郎が冷笑を浴びせて、

「おまえがそんなことをしたのなら、助かるのは無理な話だな」

惚け顔で言った。

「い、今さら何を言うんですか、約束が違うじゃありませんか。騙したんですね」

大慌てで語気強く言ったものの、お力は敗北を悟って、みるみる意気を消沈させた。

小次郎が笑みを含んだ目を向け、

「お紺殿、一件は落着したな」

「はい」

感謝の目でお紺がうなずいた。

十一

それから数日が経った。

福田屋のとむらいを無事に終えた尾花屋駒蔵は小次郎、お紺と共に深川へ赴いた。一件落着の労をねぎらうためだから、文六と久松も一緒である。

駒蔵が連れて行った先は、深川八幡（はちまん）の門前町にある「守山」という鰻（うなぎ）屋であった。

そこは名代の店なので客がわんさか押し寄せていたが、駒蔵は顔が利くらしく、五人は待たされることなくすんなりと奥の座敷へ通された。

鰻というものは、元禄の頃に蒲焼(かばやき)の店ができたのが始まりで、それが人気を博し、「江戸前大蒲焼」と銘打ってあっという間に広まり、この頃にはどこも割烹店(かっぽうだな)らしい店構えになっている。

江戸前というのは、江戸の前面という意味で、その昔は大川の河口から品川沖辺りで獲れる新鮮な魚介類のことを指したが、時代が下るにつれて江戸前といえば鰻ということになった。

もっぱら深川や神田川産のものが極上とされ、また蔵前(くらまえ)近辺の大川で獲れる鰻も評判がよかった。それというのも、米蔵からこぼれ出る米粒を鰻が食べて脂がのるからだといわれているのだ。江戸前以外のそれを旅ものと称して、通人たちは旅鰻といって、味がやや落ちるとし、あまり好まなかったらしい。

昔は鰻を丸のまま焼き、それを輪切りにして出したが、これを裂いて付け焼きにしたのは上方である。江戸でも大いにその手法を取り入れたが、さらに様々な工夫ののち、江戸独自の焼き方を考案するようになった。それは裂いた鰻に串をうち、一旦蒸してから垂れをつけて焼き上げる法で、皮がやわらかく仕上がり、脂もほどほどに抜けて喜ばれた。それは今も変わらない。

昔から鰻に山椒が用いられたのは、香気もさることながら、魚毒を消し、消化をうながすためである。上方では鰻を朱漆の大平椀に載せ、江戸前は陶器の皿を用いた。

鰻を食うのと駕籠に乗るのは庶民の贅沢とされていた時代だが、長寿と無病の食いものとして、江戸っ子は無理算段をしてでも鰻屋へ足を運んだという。

五人は大蒲焼を註文した後、まずは酒盛りとなった。

突出しは鱚を使った生姜の膾、赤貝の酢味噌、それと塩辛である。

五人が揃っての食事は初めてなので、お紺は少し華やぎ、早くも酒で頬をほんのり赤く染めている。

やがて駒蔵が、小次郎とお紺に向かって頭を下げ、

「いやいや、今度のことはなんと申したらいいやら……お紺さんの働きにゃ頭が下がりやしたぜ。またそれを助けて、牙の旦那にまでお世話をかけちまいやした」

「なんの。これはひとえに、お関の死に疑いを持ったお紺殿の手柄であろう」

小次郎に褒められ、お紺は笑ってそれを否定しておき、

「ところで駒蔵殿、福田屋はどうなりましたか」

「あのまま牢屋行きでござんすよ。あっしとしちゃ大いに溜飲が下がりやしたね。はなっからいけすかねえ奴だと思ってたんだ」

文六が「ずっぱしだ」と言って口を挟み、

「お紺さんを間夫に襲わせた女中頭のお力ってのも、きついお咎めを受けるそうでさ。とんでもねえ莫連じゃござんせんか」

久松がきょとんとした顔になり、

「するってえと、福田屋の店はどうなっちまうんですかい」

それには駒蔵が得たりとうなずき、

「福田屋にゃ身内がいねえし、跡継ぎもいねえからな、それでどうやら死んだおかみさんの父親、つまり蔵三ってえ人が店を預かって人手に渡すことになりそうなんだ。こう言っちゃなんだが、棚ぼたみてえな話だな」

「福田屋に虐げられていたのですから、そういう僥倖はあって然るべきかと。あの親子に春がめぐって参ったのです。わたくしはそれでよかったと思います」

お紺が貧相なお関の妹の顔を思い浮かべながら言った。

その言葉に、皆が得心する。

やがて女中が大勢で鰻を運んできて、賑やかな飯となった。

そしてそれが済むと、小次郎がお紺へ口調を改めて、

「さて、お紺殿。そろそろわれらにそこもとの秘密を打ち明けてくれぬかな」

そう言った。

「秘密、でございますか……」

お紺が緊張を浮かべ、少し困惑の表情になる。

それは駒蔵たちも知りたいところだったので、固唾を呑むようにしてお紺に視線が集まった。

「左様、秘密だ。そこもとは日々、いったい誰を探し歩いているのだ。事情を抱えているのなら、聞かせて貰いたい」

「……」

「お紺さん、ちょいとばかり水臭えんじゃござんせんかい。腹を割って話して下せえよ。どんなことであろうが、このあっしがひと肌でもふた肌でも脱ぎやすぜ」

駒蔵が意気込んだ。

お紺は決意の目をすっと上げ、一同を眺め廻して告白した。

「実はこのわたくしは、仇持ちの身なのでございます」

「……」

それは予期していたことなので、小次郎がお紺に話の先をうながした。

十二

お紺の父小栗又左衛門は、播磨国姫路藩十五万石で勘定奉行の要職にあった。

それが一年前のある日、小栗がお金部屋で宿直をしているところへ夜盗が押し入り、五百両の金子を奪って逃走した。その折、小栗の下僚一人が斬り殺された。

小栗は下僕と共に必死で追跡し、印南郡魚崎という所で賊に追いつき、そこで斬り合いとなった。やがて小栗が賊の覆面を切り裂くと、その下から現れた顔は姫路藩御蔵奉行の座光寺監物であった。

座光寺は新陰流を極めた腕前で、家中に並びなき剣客である。だが常日頃より素行が悪く、評定所で審問を受けたことが何度もあるような不逞の輩であった。それがお役御免にされなかったのは、亡き父親が藩に功績のあった人物で、重職たちに遠慮があったからなのである。

烈しく斬り結ぶうち、小栗は座光寺の兇刃に倒れ伏した。座光寺は生き証人である下僕へ返す刃を向けたが、逃げられて果たせず、そのまま逐電した。

白鷺城へ戻った下僕の証言から事の顚末がわかり、即座に藩の討手がかかったが、座光寺の行方は、まるでこの世からかき消されたかのように不明となった。

小栗又左衛門に跡継ぎはなく、ひとり娘のお紺だけだったので、このままでは小栗家は断絶である。お紺の母親は数年前に他界していた。

そこでお紺は仇討の覚悟をつけ、藩主酒井雅楽頭忠道に許可を願い出た。

お紺は志津賀流薙刀の達人で、また小太刀でも冴えを見せ、家中の婦女子のなかでは抜きんでた腕前であった。

酒井もかねてより座光寺の行いには憂いを抱いていたので、即刻お紺に仇討の許可を与えた。それには二人の手練の藩士をお紺に助っ人として同行するよう、酒井が計らってくれた。しかも多大な路銀まで、酒井は持たせてくれたのである。

そうしてお紺と二人の藩士は、仇討旅に出ることになった。背景に藩主の庇護があると思うと、お紺も心強かった。

山陽道を京の都へ向かい、明石城下へ辿り着いたところで、座光寺の所在が知れた。座光寺は明石郡塩屋村の庄屋の家に滞在していたのである。そこをお紺と二人の藩士が急襲した。座光寺は慌てる様子もなく二人を斬り捨て、悠揚としてお紺に迫った。

そこでお紺の言葉が途切れた。

お紺は絶句し、硬い表情をうつむかせ、突き上げてくるおのれの内なる烈しい感情と闘っている。

小次郎がそのお紺をじっと見守った。

「それで、どうしなすったね、お紺さん」

話の先を急かす駒蔵に、小次郎はお紺の身に起こったことの察しをつけ、

「ともかくそこを切り抜けたところで、座光寺は再び姿を消したのだな」

「………」

小次郎から惻隠(そくいん)の情を感じ取り、お紺は感謝の目でうなずくと、

「わたくし一人になり、さらなる旅をつづけましたが、その後座光寺の行方は杳(よう)として知れず、無為に時ばかりが流れたのです」

お紺は無念の唇を嚙むと、

「ようやく座光寺の所在が知れた時には、国表を発ってから半年が過ぎておりました。座光寺は京の都の姉小路津軽町(あねのこうじつがるちょう)という所に潜伏していたのですが、わたくしが行った時にはすでにそこを立ち去った後でございました」

やがて座光寺が東海道を下ったことがわかった。かねてより座光寺は上昇志向の

強い男だったから、お紺はむべなるかなと思った。

それでお紺も、こうして江戸へ出てきたのだと言う。

「そうだったんですかい」

駒蔵が言って、太い息を吐き出し、

「お紺さん、このあっしと出会ったのも何かの縁だ。その仇討、是非とも助っ人させて下せえ」

駒蔵が義侠心をみせて言えば、文六、久松も膝を乗り出し、手伝いを買って出た。

お紺は彼らの気持ちが嬉しく、思わず言葉を詰まらせた。

そして明日から座光寺監物を草の根分けても探し出すこととなり、駒蔵に乞われるままに、お紺は仇敵（きゅうてき）の面体を紙に書き記した。

それによると、

「座光寺監物　齢（よわい）三十五歳　体格すぐれ　色浅黒くして眼光鋭く　面長也」

ということであった。

十三

「明石の庄屋の家で何があった」

二人だけになり、小次郎が憚ることなくお紺に問うた。

そこは深川冬木町(ふゆきちょう)にある小料理屋の小部屋で、すでに辺りには夜の帳(とばり)が下りていた。

駒蔵たちと別れると、話したいことがあると言って、お紺の方から小次郎を誘ったのである。

小次郎の問いにすぐには答えず、お紺は立てつづけに無理に盃を干した。

それを止めるでもなく、小次郎はじっとお紺を見守っている。

美しいお紺の貌(かお)が無残に歪んでいた。

やがて悲痛な声と共に、

「……座光寺監物から、死にたくなるほどの恥辱を受けたのです」

お紺が打ち明けた。

「犯されたのだな」

小次郎がずばり言った。

お紺はぐっと何かを呑み込むようにし、烈しい目で一点を見据えると、

「はい。それも尋常なものではなく、庄屋の所の家の子郎党が見ている前で」

「なんと」

小次郎が険悪な表情になった。

「けだものだな」

「いいえ、座光寺は鬼畜にも劣る魔人なのでございます」

「魔人……」

「あれは人ではありませぬ」

「誰も止めなかったのか」

「止めに入らば、誰彼なしに斬り殺されておりましたでしょう。犠牲はわたくしだけでよかったのです」

「……」

「助っ人の二人の若侍を斬り捨てたのち、座光寺はわたくしを殴打し、高手小手に縛り上げて躰の自由を奪った上で、着物を脱がせ、皆にわたくしの裸身をこれ見よがしに晒し、恥辱を与えたのです。しかも座光寺は――」

「もうよい、それ以上話すな」

「……………」

小次郎も矢継早に酒を呷り、

「その魔人のような男に、立ち向かえる自信はあるのか」

「ございませぬ。されど一太刀なりとも浴びせることができれば、わたくしは本望でございます。それさえ叶えば、亡き父もきっと喜んでくれるものと」

「……………」

小次郎は押し黙り、悲しいようにも見える暗い目を落としている。

「牙殿、何をお考えなのですか」

「……………」

「仇敵から辱めを受けながら、おめおめと生きているわたくしを不甲斐ないとお思いなのですか」

「そうは思わん。それしきのことでは死するに値すまい」

お紺がきっとした目を上げ、

「それしきのことですと？……わたくしにとって、それがどれほど耐え難いものか、おわかりには」

「わからんな。操を汚されたからといって、どうして命を断たねばならんのだ。人は生きていればこそであろう。生きているがゆえに座光寺を仇と狙える。挫けてはならんのだ、お紺殿」

「………」

「わかったのか」

「は、はい……されどわたくしは、牙殿のように強くはございませぬゆえ……」

「人の強さに男も女もない。強固な信念を持つことだ」

「………」

「おれも明日から座光寺を探すとしよう」

「有難う存じます」

光明を与えられたかのように、お紺の面上に朱が差した。

小次郎が深い溜息を吐き、

「と申して、この広い江戸のどこにいるのやら……お紺殿、何か目処になるようなことはないかな」

お紺は少しの間、思案していたが、

「座光寺は気位が高く、尾羽打ち枯らした浪々暮らしに甘んずるような男ではございませぬ。いずこかの藩か、あるいは大身の者にすり寄り、言葉巧みにそのふところに入っているということも考えられます。新陰流の極意を渡世の道具に使うは、座光寺のやりそうなことかと」

「名も当然、変えているのであろうな」

お紺がうなずき、

「たとえ何を変えようと、あの男の悪しき性根は変わることはありませぬ」

今は女を捨て、復讐に生きる者の目でお紺が言った。

十四

その座光寺監物は八田伝蔵と名を変え、お紺の推測通りに、持ち高八千石の大身旗本藤堂外記の許に召し抱えられていた。

藤堂家は三河以来の由緒ある家柄で、当主の外記は御書院番頭の要職に就いている。八千石の大旗本ともなると幕閣にそう何人もいるわけではなく、あと二千石足せば大名に手が届いてしまうほどだから、藤堂家の陣容もそれに匹敵する雄偉なものである。家臣数だけで百七十余人、これに中間、小者、女の使用人などを加えると、二百人近くを藤堂家は養っていることになる。

さらに天領の何カ所かに知行所を持ち、外桜田の上屋敷のほかに、抱え屋敷と呼ばれる下屋敷も所有している。外桜田の上屋敷は三千坪で、下屋敷は千坪である。まさに威風堂々たる大旗本なのだ。

そして、戦国時代に武勲を立てた誉れ高き家柄だけに、藤堂家は家風として武芸を重んじ、先祖代々、武芸者を召し抱える習わしを持っていた。

先にいた武芸者が老齢で亡くなったため、腕に覚えのある浪人を募り、三月ほど前に外記の御前で試合をさせた。四十数人が集まったなかで、座光寺監物は勝ち抜いて一位となり、それで剣術指南というお役に就いたのである。

その時に名を問われ、

「八田伝蔵」

と名乗った。

八田伝蔵の扶持は三百石で、上屋敷の侍長屋を提供された。それも上級のもので、大土間に八畳二間、内湯までついている。

旗本家の剣術指南などというものは、大名家のそれとは異なり、さほど忙しいことはない。

外記に出仕前の朝稽古をつけるのと、あとは家臣の相手をしてやればそれでよく、一日のほとんどはやることがない。妻帯をしているわけでもないから、八田は昼近くになるとぶらりと外桜田を出て、巷を逍遥(しょうよう)する。

姫路の田舎と違い、江戸での見るもの聞くものが面白おかしくてならない。

八田伝蔵にとっての江戸は、

(酒もうまいし、女も結構)

なのである。

気心の知れた権八(ごんぱち)という中間を供に、八田はその日も京橋(きょうばし)方面へうまいものを食いに出かけた。

白魚橋(しらうおばし)の河岸に、新しい河豚(ふぐ)料理屋ができたと権八が聞き込んできたので、それで神輿(みこし)を上げたのだ。

弥生(やよい)三月に入ったばかりの、まだうそ寒い日である。

店は居抜きなどではなく、新築されたもので、木の香も新鮮だった。また通された座敷も楓川(もみじがわ)のせせらぎがよく聞こえ、八田はそこがすこぶる気に入った。

河豚は鉄砲とも言われ、毒に当たったが最後、お陀仏(だぶつ)である。川柳にも河豚と富くじは当たったら大変、と詠まれているほどだ。だからこの時代に河豚を食うということは命がけで、今のように専門の調理人がいるわけではないから、当たる確率は極めて高いのである。

虎河豚、赤目河豚、鯖河豚と、二十何種類もある河豚のどこに毒があるのか、それは臓物にあったり皮にあったりして、判別がつき難い。

それでも危険を承知で、江戸っ子はその味に魅せられて河豚を食らう。芭蕉も一茶も蕪村も皆、俳諧に河豚を好ましい食べ物として詠んでいる。

その毒消しの方法がまた面白い。

よく知られているのが、当たった人を頭だけ出して土中に埋めるというものだが、これにはなんの根拠もない。また茄子のへたの黒焼きが効くとの説もある。それかどうかわからないが、昔から河豚屋の暖簾は茄子紺と決まっている。ほかにもするめの煮汁を大量に飲めとか、会津産の絵蠟燭を食べろ、烏賊墨を一気に飲め、黒砂糖を沢山食べろなどと、諸説紛々として定まらないのである。

おなじものを食べても、毒に当たる人、当たらない人がいて、これも神のみぞ知る人間の運命なのかも知れない。

「先生は毒なんか当たりやせんよね」

石焜炉の上でぐつぐつと煮えるちり鍋の世話をしながら、権八が言う。

土鍋のなかでは河豚のあら、豆腐、葱や白菜などの野菜が煮えてきていて、これを酢醤油で食べるのだ。そして仕上げは、河豚汁ということになっている。

「なぜそう思うのだ」

燗酒を口に運びながら、権八との会話を楽しむかのようにして八田が言った。

お紺が覚え書に記したように、齢三十五、身丈五尺六寸、がっしりとした体格に顔は色浅黒く、また眼光鋭く、総髪に結った髷が冷徹な感を与え、この男は誰にでも抗し難いような威圧感を与えるのだ。

「へへへ、なんとなくですよ」

権八がにやつきながら受け答えをする。

この男は流れ者の渡り中間で、歳は二十半ばだが、うしろ暗い火種のひとつやふたつは抱えていそうな、そんな輩である。抑えてはいるものの、どこかに牙を隠したようなやくざ臭があるのだ。

そういうところが類は友を呼ぶのか、八田とあうんの呼吸で結びついたゆえんなのである。

「わしは悪運が強く見えるのか」

「へえ、なんと申しやしょうか、先生にゃ尋常な人間にねえものがございやすね。

たとえ地獄に堕ちても、閻魔様だってぶった斬りそうな気魄がありやさあ」

追従笑いで権八が言った。

「そうかな」

煮え始めた河豚を突っつきながら、八田はあえて多くを語らない。

しかし権八の言ったことはまんざらでもなく、否定どころか肯定したいところだ。

これまでの人生をふり返って考えるに、地獄へ堕ちることは間違いあるまいと思っている。そこで閻魔に出会ったら、本当に斬り捨ててやるつもりだ。

姫路で小栗又左衛門を斬って逐電してきたが、さらに江戸へ下るまでの道中でどれだけ血の雨を降らしたことか。旅の商人を斬り殺して路銀を奪い、常にふところは潤沢であった。それでも役人に咎められることもなく江戸へ辿り着けたのは、悪運が強いとしか言いようがない。しかも藤堂家という大名に匹敵するような大旗本の、剣術指南に取り立てられたのだから、おのれには鬼神の庇護でもあるのではないかと、ひそかに思っている。

過ぎ去りし日々に悔やむことは何ひとつなく、八田伝蔵はこの先も図太く生きて行く心算なのである。

ひとしきりちり鍋で躰の温まった八田が、何気なしに障子窓を開けたとたん、さっと形相を変えてすぐに窓を閉じた。

権八が怪訝な顔を向けて、

「先生、何か？」

それには答えず、八田は再び窓を細目に開けて、

「こっちへきてみろ」

権八が立って、八田の背後から外を窺う。

そこでは河岸に佇んだお紺が、もの思いに耽っていたのだ。

「あの小娘……」

つぶやく八田の目には憎悪が溢れている。

「先生のお知り合いなんですかい」

「行く先を突きとめて参れ」

「へっ？」

「あの娘を尾行し、どこに身を寄せているのか確かめてくるのだ。周辺事情も調べてきてくれ。行け」

「へ、へえ」

八田の様子がふつうではないので、権八はそれ以上何も言わず、急いで座敷を出

て行った。

八田が尚もお紺の姿を盗み見ていると、やがてお紺はそこを立ち去って行った。

店から飛び出してきた権八が、すかさず尾行を始めた。

「………」

どす黒い八田の腹のなかで、何かが沸々と煮え滾るような感覚がした。

その目には、暗い狂気が秘められていた。

十五

八田が外桜田の上屋敷へ戻ると、すでに日は暮れ、藤堂外記は下城していた。

金鋲を打った塗駕籠（ぬりかご）が止まり、供揃えが荷を解いている。

侍長屋に使いの奥女中がきて、御前様が先生と夕餉を共にしたいと言っているという。

それはよくあることなので、八田は快く応諾をして母屋の外記の居室へ赴いた。

すでに湯を浴び、平服に着替えた外記が待っていて、八田はその前に対座して雑談を始めた。

外記は三十になったばかりで、血気盛んである。色白で線の細い感はあるが、藤堂家の血統を引き、勇猛な気性の持ち主だ。直参旗本ゆえに田舎大名が嫌いで、城中で小大名とよく衝突し、その憤懣が溜まるとこうして八田を相手に悲憤慷慨するのである。

その宵も東北の小大名が垢抜けず、武家の作法も知らないので、外記は怒り心頭の様子で八田に文句を並べ立てた。

八田はそれを「ふむ、ふむ」としかつめらしく聞いている。いや、真剣に聞いてはいないのだが、さも外記に同情しているように装っている。八田にとっては取るに足らぬどうでもよいことなのだ。しかし外記は八田を信頼しているから、ますます不満を言い立てることになる。

やがて奥女中たちが、しずしずと箱膳を捧げ持って入室してきた。

それは二の膳まである豪華なもので、八田はきらびやかな料理の数々に思わず目を奪われた。

まず一の膳には、平椀に味噌仕立てにした鮒の煮つけ、別の器に鮒子くるみ、岩茸、鬼灯、山葵が盛られている。その器は千代久という。酒は灘の銘酒で、鯛の汁には葉付き大根、松露が添えられている。さらに二の膳には大皿に鰻の蒲焼、それとカステラ玉子と蓮根の煮つけが添えられ、重には筍と大椎茸の煮つけ、そして二の汁と称して松茸と岩魚の汁がついている。

藤堂外記の、大名並の豪奢な暮らしぶりなのである。

老齢で死んだという前の剣術指南のことを思い出し、八田は自分もその歳までここにいたいと心底思った。それには外記の不興を買わぬことだ。うまくやればよいのである。

そのあと、今度は剣法談義となり、外記は八田にいろいろと質問を浴びせてきた。まだ若きゆえに、外記は青いのである。

その晩は間合の話をしてやり、それがいかに重要であるかを説いた。間合とは対峙したおのれと敵との位置関係のことで、そこでおたがいの剣先の間隔を誤ると命取りになるのである。


侍長屋へ戻ってくると、権八が上がり込んで待っていた。

勝手に徳利を傾け、茶碗酒を飲んでいる。

お紺を尾行し、その周辺のことを聞き込んできたはずだから、八田は権八の前に座るなり話を急かした。

「して、どうであった」

「あの娘の名めえはお紺です」

「うむ」

「ご存知なんですね。先生とわけありなんですかい」

「余計なことはよい。お紺はどこに住んで何をしている」

「内神田連雀町のとむれえ屋で尾花屋、そこにお紺は厄介になっておりやした」

「とむらい屋だと」

「どんなわけがあってそうなったのかは知りやせんぜ。主の駒蔵ってえ野郎は、お紺を毎日下にも置かねえ扱いだそうです」

「ふむ」

「それにお紺はとむれえの手伝いもしておりやす。なんでも死人に化粧をするのが滅法うめえとか」

「ふん、小癪な」

　権八は探るような目で八田を見ると、

「あの娘となんぞいわくがあるんですね。先生の様子を見ていると、会いたくて会ったとはとても思えやせん」

八田にすり寄ると、声を落とし、

「先生、なんでも言いつけて下せえやし。お力んなりやすぜ。このお屋敷じゃあっしぁ先生の子分みてえに思われておりやすから」

「わかった、その時は頼もう」

法外な駄賃をつかませ、権八を追い払った。

そして権八の残り酒を呷り、八田は歯噛みするような声で唸った。

（どうしてくれよう……）

仇として命を狙われているということは、おのれの仕出かしたことは棚に上げて、実に嫌な気分なのである。

（我慢がならんな）

それが八田の結論であった。

十六

翌日の晩は、美しい三日月であった。

その三日月を、小次郎とお紺は筋違橋の上から眺めていた。

石田の家をお紺が訪ねてきたのだが、纏作りで騒然としており、落ち着かないので二人してぶらりと表へ出たのだ。

うららかな春宵で、妙になまめいて暖かく、対岸の火除地(ひよけち)に植えられた桃の花が咲き誇り、夜目にも紅色が冴え渡っている。

不意にお紺が、なんの脈絡もなしに横笛を取り出し、それを吹き始めた。

嫋々(じょうじょう)とした音色が、風に乗ってたゆとうて流れる。

小次郎は何も言わずに耳を傾けている。

やがてお紺が笛をやめ、小次郎を無言で見た。

「もの哀しいな」

ぽつりと小次郎が言った。

「そう聞こえましたのなら、わたくしが父を偲んでいるからでございましょう」

「笛の音を愛でておられたのか、父君は」

「と申すより、なぜか父は三日月が好きで、わたくしが幼き頃よりずっと、三日月の宵になると笛を吹くのです。今思えば稚気愛すべしとでも申しましょうか、そのようにも受け取れますが、父は真剣に月に向かって笛を吹いておりました。わけを聞きそびれているうちに父は非業の死を遂げてしまいましたので、そのことが悔やまれてなりませぬ」

「尋常であらば名月のところを、三日月が好きとは……父君なりのわけがあったのであろうな」

お紺は静かにうなずき、

「それからわたくしも、満ちた月よりも欠けた月が好きになりました。三日月はどこか寂しゅうございましょう。それがよいと思うのです」

「実はな、おれも三日月の方を好んでいる。三日月はそのうら寂しさゆえに、人の心に影を落とす。人の世のはかなさを語っているような気がするのだ」

お紺は感嘆の目になり、

「まあ、牙殿もそうでございましたか」

「うむ」

「三日月を見ていると、抱きしめたくなりまする」

「そこもとにとって、三日月は父君なのではないかな」

「そうかも知れませぬ」

お紺はそう言うと、小栗又左衛門は勘定奉行のお役よりも、和歌や詩歌を能くし、本来ならば文芸の道に生きたかった人なのだと言う。

小次郎はお紺もその血筋だと思うと、頬笑ましくもあり、

「そこもとのような女性（にょしょう）は、禁裏（きんり）が合うているのやも知れぬな」

「宮中でございますか」

「左様。公家のひしめく堂上には、そこもとのような官女が雅に暮らしおる。どの官女も、われこそは今様清少納言（いまようせいしょうなごん）と申してな」

言いながら、小次郎が失笑する。

お紺は奇異な目を向けて、

「お尋ねしますが、牙殿はどちらから参られたのですか」

「どちらからとは、どういうことだ」

「京の都なのではありませぬか」

「山城国（やましろのくに）からきたことは間違いないが、この江戸ではそれ以上のことは誰にも打ち明けておらぬ」

「教えて下さりませ。只ならぬ御方とは思うておりましたが、今のお話でなんとのう察しが。もしや牙殿は公卿家（くぎょうけ）のご出身なのではございませぬか」

小次郎がそっと手を伸ばし、指先でお紺の唇に触れ、言葉を封じるようにして、

「よしにするのだ、おれの出自（しゅつじ）は」

小次郎はすぐに指を放し、悪戯っぽいような目でかぶりをふるが、唇に触れられたことでお紺は頰を染め、胸を烈しくときめかせている。

「それより、座光寺の行方はどうかな」

「は、はい……」

お紺は懸命に気持ちを整えると、

「依然として、何もつかめませぬ。駒蔵殿を始め、皆様も探しあぐねております」

「そうか」

そこで会話が途切れ、二人は見るともなしに再び夜空を仰ぎ見た。

三日月は皓々と青白い光を放ち、もの哀しくもあり、また陰々滅々として見えた。

「……」

十七

そのおなじ頃――。

尾花屋に一人の来客があり、駒蔵が上がり框で応対していた。

駒蔵の背後に文六、久松も座り、話を聞いている。

「とむらいをひとつ、お願いできますか」

物腰を低くしたその男は、権八である。

いつもの紺の法被に柿色幅広の帯、着物の裾を端折った中間姿ではなく、権八は羽織を着た地味な堅気の商人風に作っている。

「へえ、ようござんすとも。お亡くなりになったのはどなた様で」

駒蔵の問いに、権八は淀みなく答えて、

「あたくしの母親でございます」

「それはご愁傷様で。で、いつお亡くなりになりやしたか」

「二刻（四時間）ほど前になります」

「では早速ご案内下せえやし。行く先はどちらでござんしょう」

「小柳町二丁目になります」

「ああ、それならすぐですね」

「鰹節問屋の戎屋さんの隣りの、あたくしは銘茶屋の布袋屋と申します」

「わかりやした」

駒蔵が文六と久松に見返り、出かけようぜと言う。

すると権八が、

「あ、こちらに死化粧をして下さる人がおいでと聞きましたが」

「へえ、確かにおりやすが、今はちょいと近くまで出かけておりやすんで」

駒蔵が答える。

「そうですか……できれば今晩のうちにでも、おっ母さんに化粧をしてやりたかったものですから」

気落ちしたような権八の様子を見て、文六が不憫に思い、

「そういうことでしたら、親方は久松と先に行って下せえ。あっしぁお紺さんがけえるのを待って、追っつけお連れしやすよ」

「そうしてくれるかい」

「へい」

「布袋屋さん、そういうことで、先乗りさせて貰いやしょうか」

権八は戸惑うように少し考えていたが、やがて承知し、駒蔵、久松と共に出て行った。

文六は一人残り、所在なげにしながらお紺を待った。

だがしびれが切れてきて、

「遅えなあ、お紺さん、いってえ何してやがるんだ」

ひとりごつ、茶を淹れて飲んだ。それからふっと何かを思いついて帳場の横の棚をごそごそと探し出し、やがて何冊かの町内台帳をひっぱり出した。

それは神田界隈の、各町の商家の屋号と商いの内容を詳しく書いたもので、

「小柳町、小柳町と……」

小柳町二丁目を探し出し、読み入った。

そして戎屋の次に書かれた銘茶屋の布袋屋を読み、文六は不審顔になった。

それは墨で消されてあるから、潰れた店のはずである。

「あれえ、妙だなあ……」

さらによく見ると、潰れたのは三月前となっているではないか。

潰れて三月にもなるのに、まだそこに人が住んでいるのもおかしいし、ましてや死人の出るわけもない。

(なんだよ、おい。おれたちゃ狐に化かされたのか)

文六が浮かない顔で思いに耽っていると、そこへ表からお紺が帰ってきた。

「只今戻りました。文六さん、一人？」

しんとした店のなかを怪訝に見廻し、お紺が文六に問うた。

文六ががばっと立ち上がり、

「妙なんだよ、妙なんだよ、お紺さん」

「えっ」

「潰れたはずの店で死人が出たんだ」

お紺がきょとんとして、

「なんのお話ですの」

「と、ともかく話は道々ってことで。死化粧の道具を持って一緒にきて下せえ」

文六が胸騒ぎでもするように、お紺を急かした。

十八

大戸の下りた布袋屋の前までくると、権八は潜り戸を開け、駒蔵、久松より先にさっさとなかへ入り、

「家の者は奥に集まっておりますんで、お足許にお気をつけてお入り下さい」

その声が奥へ向かって遠くなり、駒蔵と久松も後につづいた。

家のなかは真っ暗で、黴臭(かびくさ)かった。目が馴れてくると、店土間はがらんとして何もないことがわかる。

駒蔵はそれを少し変だなと思いながら、

「布袋屋さん、ちょっと待って下せえよ」

ややうろたえたように言い、久松も口を尖らせて、

「勝手がわからねえんだから、案内してくれねえことには」

蜘蛛（くも）の巣を払いながら文句を言った。

それでも二人は見当をつけ、土間伝いに上がり框から入ろうとし、そこで異様な気配を感じて息を呑んだ。

今まで気づかなかったが、帳場を背にして黒い大きな影がうずくまるようにして座っていたのだ。

「……そこに誰かいなさるのかい」

駒蔵が恐る恐る声をかけると、影がぬっと立ち上がり、静かに腰の刀を抜いた。

久松が「ひいっ」と叫び声を上げ、駒蔵に取りつく。

駒蔵は表情を強張らせ、だがさすがに俠客気取りだけあって度胸をみせ、腰の後ろに差し込んだ鳶口（とびぐち）を抜いて、

「おう、てめえはどこの誰なんだ。まんまとおれたちを騙しやがったな。これはどういう茶番なんでえ」

影が近づき、淡い月の光が八田伝蔵の顔をおぼろに照らし出した。

「気の毒だが、死んで貰うぞ」

八田の威圧感に、駒蔵はたじろぎつつも、

「なんだと。なんで会ったこともねえ奴に斬られなくちゃならねえんだ」

「怨むならお紺を怨め。坊主憎けりゃ袈裟(けさ)まで憎いのたとえと思え」

言い放つや、八田が猛然と身を躍らせた。

逃げ惑う久松の腹を剣先で突き刺し、駒蔵へ兇刃をふるう。

「あっ、久松」

「親方……」

無念の形相で久松が倒れ伏した。

八田は攻撃をやめず、さらに駒蔵を襲う。

唸る白刃をがちっと鳶口で受け止め、駒蔵はぎりぎりとした目で八田を睨むと、

「わかったぞ、てめえだな、お紺さんの仇敵は」

「仇呼ばわり、片腹痛いぞ」

八田が駒蔵の腹をどんと蹴り、刀を大上段にふり被った。

そこへ潜り戸を蹴破り、お紺が飛び込んできた。

「座光寺監物っ」

怒声を上げ、お紺が小太刀を抜いた。

「お紺、会いたかったぞ」

八田が残忍な笑みを浮かべ、

「また凌辱(りょうじょく)してやるか。わしの躰がなつかしいであろう。この腕に抱かれてもう一度随喜の泪を流すか」

「……」

お紺は血が滲まんばかりに唇を嚙みしめるが、ここは冷静にならねばと努め、狙い定めて小太刀を閃かせた。

八田は飛び退いて上がり框へはね上がり、そこで殺意をみなぎらせて刀を正眼に構えた。

駒蔵が体勢を立て直し、お紺の横に並んで鳶口を構える。

突然、表で大騒ぎを始める文六の声が聞こえてきた。

「皆の衆、出てきてくれ。人殺しだ、人殺しだぞ」

近隣が騒然となり、大勢の人の出てくる気配がした。文六はその連中に、「役人を呼んでくれ」と叫んでいる。

八田が落ち着きを失い、目を血走らせて険悪な形相になった。

「権八」

奥に潜んでいた権八がすっ飛んできて、顔を覗かせる。

「引き上げだ」

「へい」

八田と権八がだっと奥へ走った。

それをお紺と駒蔵が追って行く。

文六が潜り戸から入ってきて、倒れている久松に飛びつき、絶叫を上げた。

「久松、おい、久松、目を醒ませよ」

だが久松はすでにこと切れていた。

裏手へ飛び出したお紺が、一面の闇を切歯して見廻した。

逃げた二人の姿はどこにもない。

「おのれ……」

口惜しさに唇がわなわなと震えた。

そこへ駒蔵が家から現れ、

「お紺さん、見て下せえ、こいつぁ手掛かりんなりやすぜ」

権八の忘れていった提灯を突き出した。

それには「丸に片喰(かたばみ)」の、藤堂家の家紋が打たれてあった。

十九

播磨国姫路藩江戸上屋敷は、大手堀(おおてほり)を挟んで江戸城と対面する位置にあった。門を出ればすぐ目の前が御城なのである。

この時期、藩主酒井雅楽頭忠道は在府しており、お紺は衣服を改めて上屋敷へ参上すると、殿への拝謁を願い出た。

その前に留守居役にお紺が謁見(えっけん)し、来意を尋ねたので、お紺は有体に事態を言上した。

「座光寺監物は八田伝蔵と名を偽り、直参旗本藤堂外記殿の剣術指南として召し抱えられておりました。このことおん殿にご報告致したく、参上仕ったる次第にございます」

提灯の家紋から藤堂家が割れ、座光寺が逃げる際に権八と呼んでいた小者の名を手掛かりに探索し、藤堂家に権八なる中間のいることを突き止めて間違いなしとし、こうしてお紺は参上したのである。

それらの探索には、小次郎を始め、駒蔵と文六が働いてくれた。

駒蔵たちは、久松が殺されたので血眼(ちまなこ)になり、躍起になった。

八千石の藤堂家のことは留守居役も知っているらしく、その名を聞いて色を変え、そこで暫し待つがよいとお紺に言い残し、あたふたと席を外した。

それから半刻（一時間）ほど、待たされている。

喜んでくれる忠道の顔が早く見たくて、お紺はじりついて端座していた。

大屋敷ゆえに森閑として何も聞こえてこぬが、お紺の仇討のことで討議が持たれていることはうすうす想像ができた。

やがて数人の足音が聞こえてきて、お紺は緊張して平伏した。

そして入ってきた二人の顔を見て、お紺の表情が曇り、失望が広がった。

それは江戸家老と留守居役で、忠道の姿はなかった。

「お紺、これまでのその方の艱難辛苦(かんなんしんく)、察するに余りあるぞ」

まずは江戸家老が労をねぎらった。

お紺が「はっ」と言って畏まる。

「しかしお紺、この仇討、当家は一切手は貸せぬな」

江戸家老のその言葉に、お紺は耳を疑い、

「それは、殿のご意思でござりまするか」

江戸家老は一瞬目を泳がせ、

「い、いかにもその通りじゃ。考えてもみるがよい。今ここで直参旗本と事を構えたらどのようなことになるか。しかも藤堂家は八千石ものご大身、名門の誉れ高き家柄だ。当家が座光寺の引き渡しを要求すれば、まずは面目にかけて断固としてはねつけるであろう。そこを押して仇討をなそうとすれば、当家と藤堂家が一戦交えることにもなりかねん。そんなことになったらどうする。藤堂家の後ろには旗本八万騎が控えおる。当然それらも加担致すであろう。幕閣武門を相手にすれば、当家は断絶にもなりかねんのだぞ」

「………」

それは単なる事なかれとは思えず、江戸家老の言うことはもっともだと、お紺は得心ができた。将軍家のお膝元でそのような大騒擾（だいそうじょう）を起こせば、姫路藩の立場は失われるは必定であった。

しかしその言葉を、おん殿みずからの口から聞きたいと思った。そうすれば諦めのつくような気がした。

「殿はいずこにおわしまするか。ひと目お会わせ下されませ」

「殿にお会いしてなんとする所存じゃ」

留守居役が居丈高になって言った。

「いえ、その、ご家老様の仰せはよくわかりましたが、殿ご自身からお言葉を賜りたいと思いまして」

江戸家老が怒りの目になり、

「お紺、われらをないがしろにする気か。信用できぬと申すか」

「そ、そういうわけでは……わたくしはただひたすら、殿にお会い致したく……」

「ならぬ。わしの言葉は殿のお言葉と思え。どうでも仇討を致すと申すなら、当家を離藩したる後に為すがよい」

「………」

「ではこれまでじゃ」

江戸家老と留守居役が席を蹴って出て行った。

お紺はその場に平伏したまま、茫然と動けないでいた。

二十

尾花屋の奥の間に、小次郎、お紺、駒蔵、文六の四人が集まっていた。

まだ昼下りで外は明るいが、部屋を閉め切ってあるのでなかはうす暗い。

「やはりな、そうきたか……」

お紺から藩邸での顚末を聞かされ、小次郎が溜息を吐いてつぶやいた。

だが男伊達の駒蔵は、怒りの持って行き場がなく、

「なんてえ情けねえ奴らなんでえ。てめえん所の家臣の始末もできねえなんてよ、武士道とやらも地に堕ちたもんだぜ。こちとら江戸っ子なんだ、旗本八万騎が怕くっておまんまが食えるかってんだ」

文六も腕まくりをし、手拭いで鉢巻をきりりと巻いて、

「親方、こうなったらもうお紺さんだけの仇討じゃありやせんぜ。こっちは久松を殺されてるんだ。身寄りのねえあの野郎が、一人寂しく死んでったのかと思うと泪が止まらねえや。その意趣返しをしねえことには、男が廃りまさあ」

そして「ずっぱしだ」と大きな声で言った。

「おう、よくぞ言ってくれたぜ、文六。お紺さんがやらなくたって、おれたちで久松の仇討をしてやろうじゃねえか」

「そうだ、ずっぱしだ」

　文六がまた言った。

　気炎を上げる二人を、小次郎は冷やかに見て、

「やめておけ。そんなことをしたら、返り討ちにされるのが関の山だ」

「だ、だったらどうしたらいいんですかい、牙の旦那。教えて貰おうじゃねえですか」

　文六が吠え立てた。

「仇討はおれとお紺殿の二人でやる」

　小次郎が言った。

「お待ち下さい、牙殿。その儀、ご遠慮願いまする」

「なぜだ」

「牙殿を巻き込むわけには参りませぬ。これはわたくし一人に課せられた運命と存じまする。牙殿も駒蔵殿も、どうか差し控え下さいませ」

「冗談じゃねえ、それじゃあっしの男が立ちやせんぜ。幡随院長兵衛の旦那だった

ら、敵陣に斬り込んでるはずだ」

駒蔵は喧嘩腰だ。

お紺がぎゅっと決意の目になり、駒蔵を諌めるようにして、

「仇討はあくまでわたくし一人で参ります。神の御加護さえあれば、勝てるやも知れませぬ」

「ふん、甘いな。神の力など、元よりどこにもないのだ。一太刀も浴びせることなく、そこもとは座光寺に討たれようぞ」

手厳しい小次郎の言葉に、お紺が青白い必死の形相で食い下がって、

「いいえ、それでも構わぬのです。座光寺から恥辱を受けた時、わが小栗家はすでに地獄に堕とされたのです。死することは決して怖ろしくございませぬ。渾身の力をこめて、座光寺に立ち向かってみせまする」

「……………」

悲壮なお紺の覚悟に小次郎は圧倒され、言葉もない。

二十一

しゃり、しゃり、しゃり……。

藤堂家の侍長屋で、八田伝蔵は土間に陣取って刀を研いでいた。

そうして冷静にして沈着な眼差しで、女の肌のようになまめかしくも美しい刀身を眼前にかざして見入る。

「………」

何を思うてか、その薄い唇に残忍な微笑が浮かんだ。

またあれをやってやろう。再びお紺と対峙する時がきたら、叩き伏せて裸にし、衆目の見守るなかでけだものになって犯してやるのだ。お紺にとっては死ぬよりつらいあの責め苦を、存分に味わわせてやる。庄屋の家であれをやった時は、こっちも異常な昂りに、ついついわれを忘れたものだった。雛鳥をいたぶる快感が痺れたように全身を駆けめぐり、あれほどの悦楽はなかった。

(面白い、だからやめられぬ)

なのである。

そこへ権八が落ち着きのない様子で入ってきた。

「先生、どうやら嗅ぎつけられたみてえですぜ、あの小娘に。妙な連中がお屋敷の周りをうろつき廻ってるんでさ」

「どんな奴らだ」

「火消しもいりゃあ町内の男衆みてえなのもいて、わけはわかりやせんが、恐らく小娘の助っ人を買って出た連中じゃねえかと」

「そうか、発覚したか。すべては提灯を忘れたおまえの失態だな。どうしてくれる」

ぎろりと八田に睨まれ、権八は思わず身を引いて、

「勘弁して下せえよ、あの時は逃げるのに夢中だったんですから。何遍も謝ったじゃねえですか」

だが八田はにやりと笑い、

「わかっておる。そのことはもうよい。きたらきたで、討ち果たすまでだ」

「先生はお強いからそんなこと言えやすが、姫路藩が後ろ楯になってたらどうするんですよ」

「構わんな、それでも。こっちは八千石の大旗本なのだ。直参旗本を相手に田舎大

名の姫路藩が、幕府を向こうに廻してどこまで喧嘩ができるか。おん殿忠道様は威勢はよいが、果たしてどれほどのものか。わしの知る限りは怪しいな。いずれにしても怖るるに足るまい」

「へ、へえ……」

不意に油障子が開き、藤堂外記が入ってきた。

「こ、こりゃお殿様……」

びっくりした権八が土間にひれ伏した。

八田も恐縮して畏まる。

「八田、お主が敵持ちであること、権八より聞いたぞ」

八田が鋭い目で権八を見た。

権八は泡を食ったようにおたついて、

「いえ、その、お許し下せえ。先生が心配でならなかったんですよ」

八田が苦々しい顔で外記に向かい、

「何やら旧悪をばらされたような思いで、面目次第もござらん。実はそれがし、姫路藩にて御蔵奉行を務めし折――」

八田が話をでっち上げて言い訳をしようとすると、外記はそんなことは意に介さ

ぬ様子で、

「そのような昔話を聞いても詮ないことだ。武士ならば戦場において受けた、疵のひとつやふたつはかならずあるものだ。いや、あって然るべきであろう。ましてやその方ほどの剣客なら当然のことではないか」

「はっ、ご明察、恐れ入ります」

「しかも相手は小娘一匹と聞いた。その方とはとても勝負にならんと思うが、後ろ楯に姫路藩がつくやも知れぬな」

「は、それは……」

「肝心なのはそこだ。敵がそうなら、わしもその方の後ろ楯につくぞ。田舎大名を相手に闘ってみせようではないか」

さすがに八田が慌てたように、

「あ、いや、お待ち下され、御前」

「いいや、何も申すな。武門の誉れ高き藤堂家がその方を護るのだ」

「御前……」

思わぬなりゆきに、さしもの八田も唖然となった。

「権八、すぐにわれらが旗本八万騎に触れを廻し、馳せ参ずるように計らえ。朝倉、五味、池田、小原らに声をかけて参れ」

「へへっ」

権八が勇躍して飛び出して行った。

「八田、共に闘おうぞ」

勇猛な血筋の外記が、がつっと八田の手を取った。

八田はその手を握り返し、内心でひそかにほくそ笑んでいた。

藤堂家の後ろ楯があるのなら、百万の味方を得たようなものだ。これで救われる。

三百石の扶持にうまいものが食え、死ぬまでこの屋敷に居座ることができる。すばらしいことではないか。快哉を叫びたい思いがした。

(わしはどこまで運が強いのだ)

内心で笑いが止まらなかった。

二十二

夕餉が済むと何もすべきことがなく、酒井雅楽頭忠道は人払いをして奥の院へ引き籠もった。

齢三十六にして、このところ虚無に陥り、何をやっても面白くなかった。奥方と子らは別棟にいて、幸せに暮らしているのは知っているが、そこへ入って行く気にはなれなかった。さりとて酒にも女にも興味は湧かず、このところ武芸からも遠ざかっていた。

(何かをせねばならんのだ、いや、したいはずなのだが……)

おのれの内面に問うても、答えは返ってこない。

祖父などは、正室、側室合わせて十四人の子を生したが、自分にはそんな元気はまったくないと思っている。では本当は何をしたいのか。

本音を言えば、血湧き肉躍ることがしたいのである。

子を生す気力はなくとも、肉体を使った何かをしたい。情熱を注ぎたい。それに尽きるのだ。

生まれながらにして大名の子として育てられ、世子ゆえの抑圧を強いられて今日まできた。内なる乱を表に出すことなく、それなりに、つつがなく、政治も執り行ってきた。暗愚な藩主と言われたくないがため、細心の注意を払い、臣下には鷹揚なところも見せてきたつもりだ。

(不足のないこの暮らしがいかんのか)

一時は変装して身分を隠し、巷に遊ぶことも考えたが、そんなことをしてどうすると、もう一人の虚無な自分に諫められた。

やむを得ん、酒でも飲んで寝るかと、文机（ふづくえ）の上の小鈴を鳴らそうとした。その時、妙なことに気づいた。冷たい風がどこからか吹き込んでいる。そんなたわけたことがあってたまるかと、立って動き廻り、風の吹く元を探った。うす暗い隣室の襖が少し開いているではないか。奥女中の誰かが閉め忘れたのか。

それを閉めようとし、何気なしに隣室の闇を覗いて「うおっ」と驚きの声を漏らした。

そこにうずくまっていた黒い影がすっと立ち上がり、悠然と忠道に近づいてきた。

小次郎である。

「く、曲者か……」

「曲者にあらず。案ずるな」

「何者だ」

忠道が後ずさり、小次郎は静かに迫って、

「酒井雅楽頭忠道殿」

「いかにも」

「知らせたき儀があり、参上した」

「身分を明かせ」

いきなり小次郎が腰から刀を鞘ごと抜き、白刃を半分、忠道に抜いて見せた。

それを見た忠道がぎょっとなる。

刃に家紋が彫られていて、それは十六弁八重菊、すなわち菊の御紋章なのである。

忠道の口のなかで、女のような小さな叫びが漏れた。

「麿は正親町高熙である」

小次郎が恬淡(てんたん)とした声で言った。

正親町高熙は帝(みかど)の外祖父を父に持つ親王であり、今上(きんじょう)の帝に万が一のことあらば即位する可能性もある立場にあった。しかしそんなことはこの男の眼中にはなく、自由を求めて都より家出をしてきた。いや、家出というより、彼の父も母も納得ずくで息子を送り出したのだ。そこのところが、この子にしてこの親ありということで、やはり一風変わっている親子なのである。

すでに忠道は怖れおののき、ひれ伏していた。

「座光寺監物を討たんがため、小栗又左衛門の娘紺が江戸にいるは承知か」

忠道が寝耳に水の顔を上げ、

「な、なんと……まったく知り申しておりませぬが」

「ではその座光寺が、八田伝蔵と名を偽り、旗本藤堂家に召し抱えられていることは」

「初耳にござりまする」

「本日、紺はここへ参り、家老殿、留守居役殿に目通り致し、仇討の儀を伝えたものの、当家とは関わりないと言われた」

　忠道は赤面し、烈しく狼狽して、

「そんな、そんなはずは……紺の仇討は余が認め、奨励も致し、本懐遂げるを心待ちにしておりましたものを。心外にございます」

「では重職方の一存にて、握り潰されたのだな」

「神に誓って、余の与り知らぬことにござりまする」

「その紺が今宵、藤堂家の門を叩いて座光寺の引き渡しを願うことになっている。紺は門前で討ち果たすも辞さぬ覚悟なのだ。どうする」

　忠道は憮然とした様子で考えていたが、内心では血湧き肉躍る思いがしていた。そしてゆっくりと、静かに立ち上がり、刀架けから大刀をつかみ取った。

　それを見た小次郎が満面の笑みになる。

「忠道殿、それでこそ棟梁としての裁量、天晴れであるぞ」

「家老も留守居役もきつく叱りおきまする。当家はそのような腰抜けではござらん」

怒ったように言う忠道に、小次郎は深くうなずいてみせた。

二十三

吹きつける夜風に逆らい、お紺が敢然とした足取りでやってきた。

そこは外桜田の武家地で、道の左右を海鼠塀が囲み、夜は人影もない。

お紺は白絹の装束に黒羽織を羽織り、額には金具の入った鉢巻、それには数本の手裏剣が挿され、片手に薙刀を携えている。さらに手甲、脚絆に身を固め、足運びのいいように着物は裾短に着ている。着物の下には鎖帷子を着込んでいるようだ。

張り詰めた面持ちのお紺が、前方を見てはっと目を見開いた。

闇のなかに「よ組」と書かれた無数の提灯が一斉に浮き上がったのだ。

それは神田界隈を護る一番組よ組の町火消したちで、いずれも火消し装束に身を包み、手には鳶口を持っている。その数、百人はいるかと思われ、先頭に立った駒蔵、文六、そしてよ組の頭がお紺に向かって深々と一礼した。

「親方……」

驚きにうち震えるお紺の口から、ようやくその言葉が出た。

駒蔵と文六は長脇差を差した侠客の姿で、それがさらにうやうやしく頭を下げ、

「お紺さん、お供させて貰いやすぜ」

駒蔵が言った。

あまりのことに、お紺は絶句している。

「おおっと、何も言いなさることはねえ。これがあっしら江戸っ子の心意気ってえもんでさ」

口調もすっかり幡随院長兵衛で駒蔵が言ってのけ、よ組の頭たちに、

「それじゃ皆さん方、よろしくお願え致しやす」

「言うまでもねえぜ。たとえ鉄砲玉が飛んできたって、あっしらびくともしねえんだ。なあ、みんな」

頭が言うと、火消したちが「おう」と鬨(とき)の声を上げた。

この時代錯誤の男たちを、しかしお紺は拒むことができなかった。いや、それより四面楚歌(しめんそか)のなかで図らずも勇気を与えられ、心の底が揺さぶられるような思いが

した。

「お紺さん、もうあっしらを断っちゃいけやせんぜ」

そう言う駒蔵にお紺は何も言わずに頭を下げ、そして決然として歩き出した。

その後を百人余の男たちが提灯を照らし、異様な高まりをみせてしたがった。

やがて藤堂家の門前へきた。

お紺はみずからを鼓舞（こぶ）するように、

「ご開門願います」

門扉を叩きながら言い、

「わたくしは播州姫路藩勘定奉行小栗又左衛門の娘紺と申しまする。父が非業の死を遂げ、ご当家に寄宿せし八田伝蔵こと座光寺監物を、仇と狙って参上仕りました。その者、すみやかにお引き渡し願いまする」

邸内はしんと静まり返っている。

お紺ら全員が、固唾を呑むようにして耳目を傾けた。

ぎぃー。

やがて重い門扉が厳かに開かれた。

そこに藤堂外記を筆頭として、五十人余の家臣団が居並んでいた。

いずれも胴丸を腹に当て、佩刀し、何人かは長槍を立て、戦闘態勢の身拵えである。左右では小者たちが、燃え盛る篝火の番をしている。

その周到ぶりに度肝を抜かれ、お紺たちがざざっと退いた。

外記が誇らしげな声で、

「当主藤堂外記である。八田伝蔵は確かに当家におるが、引き渡すこと叶わず。どうでもと申すなら、われらの屍を乗り越えて参るがよい」

お紺も負けじと、

「ご当主殿と刃を交えるは本意ではございませぬ。ここはどうか、すみやかに座光寺監物のお引き渡しを」

「ならぬ。立ち退かずば、当方より討って出ることになるぞ」

外記が抜刀し、家臣たちも一斉に刀を抜き合わせ、槍を構えた。

駒蔵、文六と火消したちも闘魂をみなぎらせ、鳶口を構える。

お紺と外記が火花を散らせて睨み合った。

まさに一触即発だ。

その時、馬蹄の響き高らかに聞こえ、騒然とした足音が近づいてきた。

その場に居合わせた者全員が見やると、馬上の忠道が長槍を手に疾駆してきた。

藩士の五十人余がそれに徒歩でしたがっている。どれもが外記の家臣とおなじく、もののしく武装している。

「殿……」

お紺が驚愕の目を開き、膝を折って畏まった。駒蔵たちも一斉にうずくまる。

外記は目を血走らせて忠道を見迎えたが、それでも白刃は背中に廻して隠した。

「紺、すまぬ。余が不明であった。この仇討、本懐遂げるがよいぞ」

そう言って馬から下り、外記を見据えて、

「藤堂殿、姫路藩主酒井忠道じゃ。奸賊座光寺をこれへ引き出してくれ」

「うぬ、それは……」

外記が言葉に詰まった。

「いかに直参旗本といえども、奸賊を匿(かくま)うはいかなる所存か。武門を投げうってでも座光寺を庇うと申すなら、この場にて血の雨が降ることに相なる。それでもよいのか。理はあくまで当家にあるのだぞ」

そう言って外記に迫りながら、忠道は血湧き肉躍る思いがしていた。虚無などはどこかへ吹っ飛んでいた。

外記は旗色が悪く、押し黙ったままだ。

「いかに、ご当主殿」

お紺も詰め寄った。

外記は烈しく逡巡し、切羽詰まった表情で立ち尽くしている。

そこへ人垣を掻き分け、小次郎が現れた。

その姿を見た忠道が恐縮して退いた。

小次郎は忠道に、畏まるなと目でものを言っておき、

「藤堂殿、そちらの縁者でもない男をこれ以上庇うには、些か無理があろう。聞けば座光寺なる者はひとかどの使い手、ここで紺殿と尋常に立ち合わせたらいかがかな」

そこまで言われ、外記は判断をつけて、

「八田、出て参れ」

呼びかけた。

すると家臣たちを押しのけ、八田伝蔵が前へ出てきた。

「御前、ご迷惑をおかけして申し訳もござらぬ。事ここに至っては、果たし合いに臨むべきでござろう」

傲然とした態度でお紺の前へ出ると、

「いざ、勝負だ。どこからでも掛かって参るがよい」

勢いよく抜刀し、お紺に対峙した。

お紺も緊張で退き、薙刀を構える。

大人数の男たちが二人を遠巻きにし、息を呑んで見守った。

だが小次郎だけは二人の近くを、ふところ手でうろついている。

八田は初め正眼に構えていたが、やがて白刃をゆっくり移動させて下段に構え直した。その剣先はお紺の膝のやや下につけている。これは上体がまったく空くので、相手を誘い込む時や、よほどおのれの腕に自信がある者でないと取れない構えだ。

お紺の方は刀でいうところの正眼に薙刀を構え、微動だもしない。しかもお紺は正確に間合を取り、一分の隙もない。

八田の目に情欲の炎が滾ってきた。

ここでお紺をけだもののように犯したら、どんなに気持ちのよいことか。見ている方は唖然とするだろうが、そんなことは構わず、お紺の肉体を蹂躙（じゅうりん）したくなった。それにはまず薙刀を払い落とし、飛びかかって組み敷くことだ。

じりっ。

八田が数歩、前へ出た。

お紺は油断なく退く。

その時、八田の背後に廻った小次郎が途方もないことを言い出した。

「おい、くず、このろくでなし。今まで何人の命を奪ってきた。貴様のような心の汚れた剣客などあろう道理がない。おまえは剣客ではない。只の人でなしなのだ」

「うぬっ」

憤怒に心が乱され、八田は怒髪冠を衝く思いだ。さりとて薙刀が狙っているから、ふり向くことはできない。

お紺が薙刀を右八双の構えに持ってきた。

それを視野に入れながらも、背後の小次郎が気になって、八田は落ち着きを失った。

小次郎の罵倒はさらにつづく。

「藤堂家にうまいこと仕官したつもりだろうがそうはゆかぬぞ。天はおまえの悪行を確と見ている。おまえは屍に群がるような、最下等のけだものなのだ。早く討たれてしまえ」

「黙れ、黙らぬか」

八田が怒声を発した刹那、薙刀が空を切り裂いて攻撃してきた。

一瞬速くその白刃を刀で払いとばし、すかさず八田が踏み込んだ。

その時にはお紺は体勢を立て直し、さらなる攻撃に打って出た。矢継早に薙刀がくり出される。

八田は防御に必死だ。

「それ見たことか。これぞ心悪しき男の剣法だ。乱れておるぞ。そんなことではもう命運は刻まれておるな。早く屍を晒すがよい。鴉(からす)に突つかせてやりたいものよ」

「黙れ、黙れっ」

八田の声が悲鳴に近くなった。もう情欲どころではなかった。

ざくっ。

薙刀が八田の肩先を斬り裂いた。

勢いよく血が噴出する。

「あうっ」

激痛が走った。

間髪を容れず、薙刀が八田の横胴を払った。

八田の形相が兇悪に歪んだ。

捨て身でお紺に斬り込む。

その刀が薙刀に払い落とされた。

（まさか、そんな）

八田が信じられない表情になった。

薙刀が大上段にふり被られ、八田の頭上に見舞われた。

脳天が割られた。

鮮血が洪水のように噴き出した。

それでも八田は刀を構え、蹌踉（そうろう）とした足取りでお紺に迫った。

その八田を薙刀が袈裟斬りにした。

「ぐわっ……」

ひと声叫び、八田がどうっと倒れて息絶えた。

静寂が支配していた。

やがて小次郎が拍手を始めた。それがしだいに広まり、やがて味方の全員が喝采（かっさい）を浴びせた。

外記以下は無言で突っ立ったままだ。

「……」

お紺は舞台に立った役者のように、本懐の興奮が鎮まらぬまま、頬を上気させ、四方へ向かって頭を下げた。

「見事であったぞ、お紺殿」

小次郎の賞賛につられ、駒蔵、文六たちが口々に仇討本懐を祝った。

忠道が笑みを湛え、お紺に歩み寄って、

「紺、でかしたな。そなたの働き、当家婦道の鑑となろうぞ」

「もったいないお言葉を……」

お紺が跪き、頭を下げた。目を伏せ、止まらぬ落涙を隠している。

忠道がふり返ると、外記が家臣たちと共に邸内へ戻り、門扉が閉じられるところであった。

そしてさらに忠道が見廻すと、小次郎の姿は忽然と消えていた。

二十四

翌日は三日月の美しい晩であった。

筋違橋の上で、小次郎とお紺が夜空を仰いでいた。

「帰参を断ったそうだな」

小次郎が言った。

お紺は澄みきった目で、

「はい」

と言う。

「それはなぜだ」

「もう士道には戻らぬ決意をしたのでございます」

「殿は百石の加増を約束し、小栗家再興を許したそうではないか」

「はい、でもよいのです。わたくしは尾花屋で、駒蔵さんや文六さんたちと生きて参ることに決めたのです」

「とむらい屋の死化粧師が、そんなによいのか」

「死人を元気だった頃のようによみがえらせて差し上げるのです。わたくしはそこにやり甲斐を見出したのでございます」

「ふむ、変わったおなごだな、そこもとは」

お紺がくすっと笑って、

「牙殿ほどではございませぬよ」

「なに」

「謎めいて、面妖で、牙殿ほど変わった御方はございますまい」

「ははは、そうかな」

「牙殿、お頼みしたきことが」

「なんだ」

「もうすぐ桜でございます。ご一緒に花見が致したく……」

恥じらいに頬染めながら、お紺が言った。

「いいぞ、構わんぞ、そうしよう」

「よかった」

二人はどちらからともなく歩き出し、そこで同時に三日月をふり返った。

「つくづくときれいな三日月だな」

「父も喜んでおりましょう」

「お紺殿、所望したい。笛を吹いてくれぬかな」

「はい」

お紺が嬉しそうにうなずいた。

（しかしもの哀しいな、三日月は……）

小次郎が胸のなかでそっとつぶやいた。

二〇〇九年二月　学研M文庫刊
刊行にあたり、加筆修正いたしました。

光文社文庫

長編時代小説
月を抱く女 牙小次郎無頼剣（四） 決定版
著者 和久田正明

2022年9月20日 初版1刷発行

発行者 鈴木広和
印刷 堀内印刷
製本 榎本製本

発行所 株式会社 光文社
〒112-8011 東京都文京区音羽1-16-6
電話 (03)5395-8149 編集部
8116 書籍販売部
8125 業務部

ISBN978-4-334-79429-3 Printed in Japan

組版 萩原印刷